屋檐下 家风

曲扬 著

北方联合出版传媒(集团)股份有限公司
春风文艺出版社
·沈阳·

图书在版编目（CIP）数据

家风：屋檐下 / 曲扬著． — 沈阳：春风文艺出版社，2017.3（2021.1重印）
ISBN 978-7-5313-5164-1

Ⅰ. ①家… Ⅱ. ①曲… Ⅲ. ①长篇小说 — 中国— 当代 Ⅳ. ①I247.5

中国版本图书馆CIP数据核字（2017）第030418号

北方联合出版传媒（集团）股份有限公司
春风文艺出版社出版发行
http://www.chunfengwenyi.com
沈阳市和平区十一纬路25号　邮编：110003
永清县晔盛亚胶印有限公司印刷

责任编辑：张玉虹		责任校对：陈　杰	
封面设计：Amber Design 琥珀视觉		版式设计：姿　兰	
幅面尺寸：155mm × 230mm		字　　数：190千字	
印　张：12.75			
版　次：2017年3月第1版		印　次：2021年1月第2次	
书　号：ISBN 978-7-5313-5164-1			
定　价：38.00元			

版权专有　侵权必究　举报电话：024-23284391
如有质量问题，请拨打电话：024-23284384

我想把财富和大家分享

——作者

第一章

爸走时我没哭。从懂事时起我就知道他最看不上男人哭，而我不争气，从小就爱哭。为这，他一直不太喜欢我。他曾跟我妈说："你说这老四整天哭哭啼啼的没个老爷儿们样，长大以后可咋支门过日子。"我那时也就七八岁，正和老五在外屋地鸟悄儿地扒碗架子找吃的，老两口在屋里的对话我们听得清清楚楚。记得当时我妈以少有的强硬语气说："你可不许再这么说。一滴眼泪一分善心，依我看善心比能耐和本事重要，有善心的孩子准错不了。况且你咋就知道咱老四没能耐没本事呀，要我说，老四没准最有出息。"那时老五刚把小拇指冲我竖起来，听了妈的话，立马换成了大拇指，同时很不相信地"哧"了一声。

妈走的时候我尽情地哭，哭得鼻涕一把泪一把。因为我想起了妈说的那句激励了我一生的话。特别是，一想到我这个儿子已经几乎没有可能兑现妈对我的期许，眼泪更是吧嗒吧嗒流个不停。

我家祖籍山东石岛，父辈以上三代都以打鱼为生。1942年我爸雷锦江带着一岁的大哥和四岁的老叔来到东北。最先落脚在大连，我爸在码头当搬运工。后来活不下去，奔了辽西，先后辗转于兴城、锦西、锦州、阜新、彰武一带，靠打零工、给铁路建水塔维持生计。最后于日本投降前落脚到锦州湾的一个网铺重操旧业，生活才算真正安顿下来。

我爸我妈1943年在彰武结婚。我妈叫罗秀芬，纯东北人，满族，没裹脚。结婚时我妈才十六岁，不过据我妈自己讲，那个年代，女孩十五六岁出嫁很正常。

爸妈婚后一年生下二哥。时值日伪统治末期，亡国奴的生活与牛马猪狗无异。我家基本上处于居无定所的半流浪状态。全家算老叔在内五口人就靠我爸一个人四处打零工养活，艰难困顿可想而知。最惨的时候，全家三天只靠几个土豆几根大葱活命。年三十，我爸很晚还没回来，等米下锅的我妈怕三十晚上烟囱没有炊烟被左邻右舍笑话，便往大锅里加两瓢水，然后生火拉风匣……老叔和大哥以为锅里有吃的，眼巴巴地守在锅台旁。我妈边拉风匣边吧嗒吧嗒掉眼泪。大人吃不饱，孩子哪有奶吃，二哥常饿得整宿整宿哭。我家里有一张二哥幼时的照片。他瘦骨嶙峋，捧着个房东家孩子的破皮球，一双大得出奇的眼睛可怜巴巴地盯着镜头。每看到这张照片我就想哭……我是20世纪60年代出生的，没经历过哥哥们的苦难，但我听妈讲过当时的情景：为了让儿子在那次"奢侈"的消费中露出笑脸，她用一个红皮大鸡蛋换得房东孩子那个玩腻了的旧皮球一分钟使用权……但一直到照相先生捏响快门，二哥也没有笑——他没办法笑，房东家的孩子在旁边数着数儿催促呢。

二哥长大后虽个子挺高，人也最帅，但一直瘦弱多病，最后在事业最辉煌的时候英年早逝。

三哥1949年出生。那时新中国成立，老百姓终于过上了和平安定的生活，船上的收入也不错，所以三哥幼年时基本上没怎么挨饿。但三哥个子矮，这肯定和他早早就帮爸担起家庭重担有关。对于三哥，我要用对待长辈般的敬意在后面专门讲他的故事。

大姐生于1956年。给她起名字时很费了一番周折。按我们雷家祖辈传下来的家谱，我们这一代应该范立字，我爸一直盼着生女孩，认为上天赐给他的这个漂亮女儿是今后很多个漂亮女儿的第一个，就想给大姐取名叫雷立一。我妈不干，说这哪是女孩的名字呀，不行不行。争执不下，就找了个当地很有名气的老先生，让他决断。那老先生办事麻利，没查字典没掐算阴阳五行，现场就综合了我爸妈的意见，建议取"一"字的谐音，叫雷立依。我爸上过四年私塾，在当时算是挺有文化了，听到这个名字后点头叫好。我妈虽不识字，但听我爸和那先生讲了"依"字的诸多美好寓意后，也欣然同意。

然而我爸的愿望最终没能实现——虽然我们从小就被爸要求喊雷立依为大姐，我妈却再没生过二姐三姐。大姐往下，肩挨着肩出生的我们哥仨清一色是男孩。按我妈的说法，雷家一大窝孩子，除了大姐这一枝花，其他都是饿死鬼托生的土驴子。

大哥叫雷立家，二哥叫雷立人，三哥叫雷立国，我叫雷立忠，老五叫雷立德，老疙瘩老六叫雷立本。

老叔叫雷锦海。

几十年过去了。长风流沙，吹散昨天的往事。斗转星移，时光倏忽流逝，让我们本来就平淡琐屑的生活卑微得如尘土飘落。岁月几乎带走了一切——青春、苦难、眼泪、欢笑……包括我爸妈和二哥的生命。但是，有一样东西它带不走，也永远不能销蚀磨损半分，那就是我们雷家世代传承的勤劳俭朴、孝顺谦和、友善待人的家风。正是因为有了它，补丁衣服才变得高贵，我妈的七个孩子和一个小叔才没有一个因贫穷而沉沦。特别是，我的文盲母亲竟让他们中的五个接受了高中等教育。这是家风创造的奇迹，也是爸妈一生最值得炫耀的财富。

嗨，你不要指望我那只念过四年私塾的爸和文盲的妈能讲出啥排比押韵的警句或箴言。和多数中国家庭一样，伴随儿女长大的，也不过就是翻来覆去那几句唠叨再加上笤帚疙瘩炉钩子的追打。其实，起作用的，是爸妈一生都在做给我们看的立世为人的身教。很简单。

对了，还有笑声。那在婆媳间、兄弟间、叔侄间、妯娌间从未间断过的笑声，让每天的亲情如朝露般新鲜，让艰难的日子不曾有过一点儿卑贱，让明天的希望果真就能如约而至……哪怕这自我娱乐的笑声里常伴着眼泪。这就是我们雷家之所以历经苦难，却能生机蓬勃，枝繁叶茂的原因。

写这故事的时候，楼道里的小燕子回来了。5月的熏风携柳絮和杨树毛子飞进大敞着的窗户，童年的歌谣随风而至——"小燕子，穿花衣，年年春天来这里，我问燕子为啥来，燕子说，这里的春天最美丽。"

第二章

"小燕子,穿花衣,年年春天来这里,我问燕子为啥来,燕子说,这里的春天最美丽。"

大姐在院子里冲着房檐唱,一边唱一边使劲招手叫我出来。她那两条比筷子粗不了多少的"钻天锥"细辫子在头上一跳一跳的。

"小忠子,快来看,燕子在咱家房檐下絮窝啦!"大姐喊。

我那时刚记事,还不懂燕子是啥来路。我抬头看,房檐下那两只正试探着往墙上吐泥的燕子太招人稀罕了——黛青色的小巧身子,油黑的脑袋、乌溜溜的眼睛……它们那绛紫的脖颈和剪刀般张合的尾巴是那么不同凡响,就连它们的叫声也不同于其他鸟,特别是不同于常见的家贼子。它们虽然也叽叽叫,但音量很低很节制,像是怕吵到我们。那叫声像轻吹的口哨一般清亮悦耳。

看它们使劲扇动小翅膀悬停在墙边,努力地把不知从哪儿叼来的泥往墙上吐,我那个心疼啊,心想这得多累呀。墙上已经被它们的唾液弄湿了,有两块黄豆粒大小的泥团粘在了墙上。它们如何能搭成窝呢?搭成的窝是个啥样子呢?我充满了好奇。

我妈出来了,看了看,赶紧让我们姐俩回屋里。她说:"别盯着看，更不许祸害它们。以后出门都鸟悄儿的。要是它们觉得咱家不安全，就再也不会来了。"

然后她给我们讲这燕子是绝对有灵性的鸟，之所以叫家燕，是因为它们都是把窝搭建在民房的屋檐下。并且只要选定了这一家，每年的春天都会携家带口回到这里度过春夏秋三季。

大姐问："它们为啥不住山洞和树上啊，那里多肃静。人在院子里又是跳皮筋又是放炮仗的，坏孩子没准还会祸害它们，它们不怕吗？"

我妈说："你个丫头家家的就惦记着玩。告诉你，等你过年放炮仗的时候燕子早就回南方的另一个家啦。再说，燕子不怕人，它知道这世上只有咱们人才是不用吃它、祸害它也能活着的动物。不光这样，人还能护着它们，有人住的地方老鹰长虫啥的不敢来。你看没人住的空房子哪有燕子窝。它们有天眼，能看出来哪家是好人，它们选中做窝的肯定是门风好人丁旺的善良人家，坑蒙拐骗杀人放火的，特别是可能会祸害它们的人家，它们保准不会去。懂了吧，燕子吉祥着呢，以后你们可得看管好它们，它们是咱家的。"

我妈这番话许多年以后我都记得很清楚。对她的话我深信不疑。抛开迷信的"天眼说"不提，物竞天择，燕子这亿万年前就存在的弱小物种，竟能在如今的年代依然轻灵地飞翔于钢筋水泥之间，证明它们选择依人而居的生存战略是最优的，它们对人类善恶的辨识，其准确率也是绝对大的。

我当时赶紧去外屋抓了一把高粱米，要去喂燕子。我妈呵呵笑，说："傻小子，鸽子不吃喘气的，燕子不吃落地的，燕子只吃活着的飞虫。知道大家为啥这么稀罕燕子了吧，它不祸害人，只吃害虫。以后咱家院子里的蚊子就少喽。"

这是1965年春天的事，我四岁多一点儿。燕子来做窝是我记得住的第一个大事件。那时老五立德一岁半，刚会夌巴着走。

从这天起，我每天搬个小板凳坐在竹劈子大门外给燕子站岗。

我用大腿夹着老五，一边哄他别哭闹，一边提醒来串门的邻居和来找三哥大姐玩的小孩：进院子可以，但绝不许闹动静吓着了燕子。老五小时候并不乖，平时绝对是哭着喊着要到外面去玩的，这下可倒好，蹬腿打滚地非得回院子里看燕子。我妈每天从早到晚有忙不完的家务，我爸那时已经进国营冶炼厂上班，白天照顾老五的任务按惯例得由我这个年龄最接近的兄长来承担。幼儿园？那时车仗子镇还没有幼儿园，全县也就县城里有一所，多娇贵的孩子才去得起呀。

大姐虽是个典型的假小子疯丫头兼孩子王，但从打那一天起，再也不领那些疯丫头们来院子里跳"马莲开花二十一"了。

房东老孟大爷出来了，我赶紧把小凳子让给他。他也是冶炼厂的工人，这天倒班休息。

老孟大爷是我家辗转各地的第十二个房东。妈记得很准确，常一个个说给我们听。老孟大爷肯定是天底下心地最善良的老头，大高个方脸膛，长得和我爸极连相，我那时心里默认他就是我的亲大爷。他对我们这户孩子爪子一大堆的穷住户像对待最富贵的亲戚一般尊重。他的孩子们都在外地工作。他特稀罕小孩。我们家这一窝孩子尤其是我们这仨小的，虽然爸妈每天拎着耳朵教育，可哪能做到不讨人嫌哪，可老孟大爷从来都是乐呵呵地对待我们的讨嫌和烦人。我们挨父母收拾的时候也只有他才能劝得住。

最让我们小孩崇拜的，是老孟大爷的衣兜里常常有糖球。那年月，糖球可是奢侈品，像我们这样的穷人家孩子，三分钱的白糖冰棍或许偶尔能吃上一根，糖球可是过年也吃不到的。通常是，老孟大爷先摸摸我们的脑袋，然后说，去，洗洗手。我们就知道他要给我们吃糖球了。爸妈教育过我们不许吃别人的东西，但对于老孟大爷的糖球，家里最后形成的默认程序是：我们接过来，边咽唾沫边举着跑回屋里，请示爸或者妈，说老孟大爷又给我糖球啦，等爸或者妈那一句"吃了吧"还没落地，糖球便进了我们嘴里。

老孟大爷抱过老五放在大腿上，正闹人的老五立马服服帖帖，还伸手摸他的胡楂儿。老孟大爷呵呵乐，说："臭小子，大爷今儿个可没有糖球！"

在我的记忆中，长辈男人只有老孟大爷抱过我们。我爸是山东人，山东男人讲究不能和孩子腻腻歪歪。听妈说，我家这七个孩子，爸只抱过大哥和大姐。大哥是他抱着来东北的，不抱不行，那时大哥还太小。大姐这唯一的女儿也就享受了满月之后唯一的一次抱抱。我爸平日回到家除了帮妈干活，其他时间都是端坐在炕头，慢慢品那个"为人民服务"大搪瓷茶缸子里的茶水。他从未呵斥打骂过孩子，动手动嘴管教我们的还真都是我妈。可我们无比惧怕他，只要一听到门外他那自行车的声响，吵得多欢的我们都会立马规规矩矩地立正稍息解散。

"大爷呀，我妈说鸽子不吃喘气的，燕子不吃落地的，是真的吗？"我问老孟大爷。老孟大爷说："绝对的，不信你就试试。"我这人从小就较真，当时就想明天我就试试。

这天老孟大爷陪着我们哥俩在大门口坐了大半天，他说这两天很重要，要是最初的一层唾液和泥粘不上去，燕子或许会另外选址。得让它们专心地干，不能惊扰了它们。燕子马上就要下蛋抱窝了，窝搭不好，那可就孵不了小燕子啦。听他这么一说我心里急得火烧火燎，扒着大门缝儿观察燕子，见那两只燕子不断交替地往墙上吐泥，可基本都没粘住，地上已经落了很多泥和草梗。它们一边忙活一边叽叽喳喳地叫。我心里那个心疼，说："大爷你快帮它们想想办法吧。"老孟大爷说："不行不行啊，咱只要是帮了一下手，它就能看得出来，就会再也不来啦。"

三哥和大姐放学回来了，三哥小学六年级，过几天就要毕业了。

三哥观察了一番燕子的工作，也提出了和我一样的建议。老孟大爷又告诫他千万不能沾边，特别是不能动手帮忙。老孟大爷回屋做饭后三哥便和大姐嘀咕，说："有啥不行的呀，你看咱家墙上的砖都旧得掉皮了，燕子吐的泥肯定粘不上去，咱们帮它把那几块砖刮一刮不就行了吗？"我赶紧喊："不行不行，咱妈和老孟大爷都说了，谁要是动了，燕子就不敢来了！"

其实三哥天生胆小听话，他也就是念叨念叨而已，违背大人意志的事他并不敢干。倒是大姐来劲了，说："有啥不行的，没事。咱这是学习雷锋做好事，爸妈和老孟大爷不会说咱们的。"

"不行就是不行，你们要是敢动，我告诉咱妈！"我梗着脖子喊，声儿挺高，有让屋里的大人听到的意思。

大姐使劲戳了一下我的脑门，说："就你爱告密，你要是托生在打仗的年代，准是个叛徒！上回我掏喜鹊窝，要不是你告密，咱妈能打我好几笤帚疙瘩吗？！"

大姐说的基本属实，不过就算我不告密，她那一顿打也是逃不掉的，谁叫她上树时把新做的裤子剌开了个大口子。

"不行不行就不行，哇！"我开哭。大姐赶紧捂住我的嘴，说："小忠子听话，姐和三哥不是也想帮它们嘛。你看它们累得多可怜，要是咱不帮它们，没准把它们累坏了也搭不成窝呀，到时候它们肯定得飞走啦。"

"是呀，还得赶快动手呢，趁它们才刚粘了一点儿泥，等粘多了再动手就更容易吓着它们啦。"三哥附和着说。大概是大姐的话给他壮了胆。

我从小就听不得说谁谁可怜，终于决定听他们的。便收了哭声，保持沉默。

大姐鸟悄儿地去仓房妈的工具袋里翻出一把瓦匠抹子，三哥搬来一只高脚凳，上去试了一下，够不着。他长得瘦小，都十六岁了，个子也不比同龄的女孩高多少。大姐又架上去一只小凳，让三哥快上去。这时三哥犹豫了，说："这要是真把燕子吓跑了咋办？"大姐说："三哥你咋又变卦了呀，快点儿的吧，一会儿咱爸该下班啦。"三哥往大门口撒目了一眼，终于颤颤巍巍地站上去，够到了。燕子叽叽喳喳地飞开，在三哥头顶盘旋。三哥果断出手，咔嚓咔嚓几抹子就把那几块粘了泥的墙砖刮光溜了。

　　大姐赶紧拿笤帚把地面扫干净，然后像啥事也没发生似的和三哥回屋里写作业。我抱着老五退守大门口，继续隔着竹劈子观察燕子。不好了，燕子在那块墙皮边叽叽喳喳地研究了好一阵后终于飞走，一直到我爸下班时也没再回来。

　　我本想开哭，听见我爸的自行车响便赶紧收了声。我爸个子高，骑二八架子的自行车一叉腿就下车了。他是我心中最高最帅最强壮的男人，冶炼厂的工作服穿在有的人身上跟劳改犯似的，但我爸穿着好看。我虽然怕他，但我和所有男孩一样，渴望自己的爸能摩挲一下我的头顶，并渴望能长得和他一样高壮一样帅。很遗憾，我长得很瘦，还是一张病恹恹的黄脸瓢。妈老怀疑我肚子里有蛔虫，张罗给我吃药打虫子呢。最没面子的是我没做过一件能获得摩顶待遇的露脸事儿。所以在爸的面前我从小就自卑，一直到他去世。

　　今儿个更是完蛋了，别说摩顶，不打屁股就不错了。我不敢抬头看爸，拉着老五给他开了大门，心里祈祷爸可千万别往房檐下看。

　　我爸支好自行车，径直往燕子做窝那儿走！

　　我心说完了完了，抱着老五蹲在门口不敢动。其实，我爸一进大门就一直盯着那里。

　　就见他上上下下看了一会儿，然后叹口气，也没说话就进了屋。我心怦怦跳，竖起耳朵听屋里的动静。

　　好半天没动静。我以为暂时没事了，刚想进院子的时候有事了,就见三哥和大姐一前一后逃出来,后面我妈高擎那把古老得大概都成了精的小笤帚疙瘩追出来。追到院子,我妈停下来仰头看燕子做窝处,一边拍大腿一边念叨:"这可咋办,这可咋办啊,败家孩子!"

我爸出来了,说:"让你别吵吵嘛,等等看,兴许明天它们还会回来。"

我爸的这句话等于是给我们哥几个下了特赦令,三哥和大姐不再逃,停在大门口和我站在一起。

老孟大爷听到动静出来了,连说:"看我这老糊涂,是我让他们弄的,别怪孩子啦。没事没事,我兄弟说得对,明儿会回来的。"

这天的晚饭我几乎没有吃,一端起饭碗就想哭。想起饭桌上的规矩之一是绝对不许哭,便没敢哭。我爸虽然没有责怪我们,但一直拉着脸。我妈肯定想和往常一样数落个够,但我爸有态度在先,她也就没再说啥。这让我们几个更难受,三哥一直耷拉个脑袋,大姐也少有地用负疚的眼神瞄爸妈。

这天晚上我梦见燕子飞回来了,还合力叼着一个粉红色的塑料鸟窝。

第二天我起了个有生以来最早的大早,端坐在大门口等燕子叼着塑料鸟窝飞回来。等啊等,家贼子倒是吵吵闹闹地来了不少,可燕子到太阳落山了也没见踪影。我终于号啕大哭,老五也跟着哭,我烦,第一次拍了一下他的屁股。到我爸下班回家时我也没停止哭,爸也没理我,径直进屋里去了。

三哥大姐早早就放学回家,三哥一进屋就跟我妈承认错误,说:"妈,是我不对。都是我的主意,我是大人了,该打,你打我一顿吧。"

其实,每次三哥和大姐的组合要是惹了祸,做检讨并接受处罚的准是三哥,尽管罪魁祸首肯定是大姐。据说大哥和二哥的组合也是如此，年龄大的都是受伤的角色。长江后浪推前浪，到老六立本出生后，我家最末出场的这第三拨组合升级为三人组。可怜我这名誉——不，名义组长，整个童年都在代人受过和别人偷驴我拔橛子中度过，一如大哥和二哥组合中的大哥。

不过，大姐这次十分罕见十分仗义地主动帮三哥分担了责任。肯定不是因为已经免责，那不是她的风格。

我妈不再说责备的话，红着眼圈说："不怪你们，还是咱们家门风不够好。唉，这好不容易的，又走了。"

这天晚上家里人都不再谈论这件事，挫败的气氛在狭小的两间屋子里弥漫。好几拨孩子来喊三哥和大姐出去踢盒子藏猫猫，他们都没去。后来我爸破例说了句："去吧，你们去玩吧。"他们才不情愿地出去了。以往肯定是我张罗跟着去而他们不爱带我，这次三哥主动带我去，我没心情，没给他面子。

他们出去后我爸跟我妈说："跟你商量个事。立国马上就要毕业了，得替他想想出路啦。"

我妈瞪大眼睛说："啥出路？升初中呗。咱家可就立国是三道杠啊。"

我爸不再说话，一口一口喝茶水。

我妈说得没错，大哥二哥都很争气，是我们车仗子镇中学新中国成立后考出去的为数不多的几个本科生中的两个。但他们上小学时也不过分别官至两道杠和一道杠，老叔连一道杠都没混上。大姐虽说早早立下三道杠的宏愿，但毕竟尚未实现。我当时并不知道几道杠究竟代表啥，但知道三道杠全学校才只有一个。

我上学后才知道，两道杠也很伟大呢，一个班才那么几个，当一道杠都不是吹糖人那么容易呢。

我妈停了手里的针线活，盯着我爸说："我说他爸，立国人长得小，十岁了才上学，他的胳膊腿儿到现在也还没长硬实呢。咋，你还想让他上班呢？你可别动这心思，我就算要饭供他们哥儿几个上学，也不能让立国荒废学业。"

我爸深深叹了口气，没说话。

我妈接着说："你不是早就说过，只要孩子们能考上，咱头拱地也要供他们。还说他们考上啥学校就供他们念完啥学校。你都忘啦？"她说着说着眼圈红了。

我爸的喉咙里咯咯响了一声，他赶紧又喝了一口茶水，然后说："算了，这事算了吧。"

我妈哭了，说："他爸，我知道老孟大哥的房租该交了，立依的学费也不能再欠着了。我明天再去工程队看看，说是今年能有活干呢。"

我毕竟还小，听不出他们的对话里包含着多少艰辛。但我大致能理解是因为家里缺钱才不想让三哥上学，便插嘴："等我长大了使劲挣钱供我三哥上学！"

我妈一把搂过我，揉我的脑袋。我舒服极了，很为自己的这句话自豪。

我还小，不知道自己是在胡说八道。以后的很多年，一直是三哥在使劲挣钱供我们六个兄弟姐妹念书。到我真的能使劲挣钱而三哥已经过早地丧失了劳动能力的时候，我也没能做到供我的三哥养老。而我妈却把我的这句童言多次讲给晚辈们听，以激发家庭的正能量。

这天半夜时分下起大雨，院子里的煤棚子盖着洋铁瓦，狂暴的雨点把那洋铁瓦砸得轰隆隆响。小孩一般睡得实，以往就是打雷我也不会醒，可这一夜我心里净惦记着燕子，一直睡不实。听着外面凶险的雨声，我想那两个燕子在哪儿躲雨呢，可千万别打雷，打雷会吓坏它们。想着想着真打雷了，咔嚓咔嚓的炸雷，一道道闪电在院子里闪。

我见爸妈都坐了起来。我妈说:"他爸,老孟大哥家灯亮了。是不是他家房子又漏啦,你快去看看吧。"

我爸已经开始穿衣服了。他啥也没说,披上那件油布雨衣出去了。妈也下了炕,扒窗户往外看。

我家住的是后建的东偏房,老孟大爷住的正房已经年代很久,爸妈去年帮他换过瓦。

三哥醒了,问:"妈,咋的啦?我爸干啥去了?"

自打大哥二哥相继考上大学,三哥就自觉承担起长子的责任。他虽长得瘦小,但勤快心细,对我们弟弟妹妹还特带才(山东方言:意思是兄长或姐姐对弟弟妹妹谦让呵护,全书同)。每天早晨他都起得很早,帮妈拉风匣贴大饼子。我和大姐、老五都是妈喊好几遍才肯起来。

"没事,你爸去你老孟大爷家了。睡吧,明儿还得上学呢。"我妈说。

"不行,我得帮我爸看看。"三哥说罢翻身下炕。家里没有伞,我妈给他找了个洗衣服的大铝盆,他顶着出去了。

那时候雨伞比雨衣贵很多,只有条件好的家庭才有雨伞,一般家庭能备两件胶皮或塑料雨衣就不错了。我家孩子上学时好歹都有雨衣,街东头喂牲口的老王头家比我们家还困难,我上学后他家小连子和我同班,下雨天他都是穿着那套祖传的破蓑衣戴斗笠上学。一见到他的这套行头,便有王小春等不咋样的同学冲他喊:"孤舟蓑笠翁,独钓寒江雪!"他怕这些人笑话,有时宁可让雨浇着脑袋也不戴那个斗笠,我看不过眼,让他钻进我那件老叔传下来的大雨衣后面,他抱着我,两个人嬉闹着也就到了学校。这样做的结果虽然肯定是我陪他一起浇得湿透,有时还会跌倒弄得一身泥,但我看重小连子因我的陪伴而不被嘲笑。这是后话。嗬,小连子本人把这件小事看得更重,到这位上学时虽穿得破破烂烂但品学兼优的同学成为某上市公司的老总时,他也没忘了我这份照说不算啥的情谊。这更是后话了。

我当时也坐起来，想出去看看外面是咋回事。我妈说："赶快进被窝睡觉，外面打雷了！"我吓得赶紧钻回被窝。

"外面打雷了"是我妈平日里训诫我们的一句话。当我们很不听话，气得她没办法时，她就说："还不听话，外面可打雷了。"意思是上天都对我们的行为动怒了。每次她一说出这句话，我们就知道我们肯定是太过分了，妈已经忍耐到了就要去拿笤帚疙瘩的临界点，便赶紧改正并认错。

眼下外面正打着雷，我更听话了。

三哥在外面敲窗户。房檐的雨水大，敲得他头上的铝盆咚咚山响。就听他喊："妈，我老孟大爷家的西山墙裂了。我爸让你快来看看！"

我妈手里已经攥着老叔的那件大雨衣，三哥没说完她就往外走，到门口时叮嘱我："忠子听话，不许下地。你大姐醒了也不许她下地，记住了。小德子要是醒了你看好他。"

我妈出去后我竖起耳朵听外面的动静。我知道老孟大爷家肯定发生了挺严重的事，不然爸不能让妈也去帮忙。遗憾的是我只能听到一阵紧似一阵的雨声和间或响起的炸雷。我很想去扒窗户看，但妈有交代，我不能离开被窝。我暂时忘了小燕子的事儿，不知多久后睡着了。

我醒来的时候天已经大亮，外面还下着毛毛雨。

我爸和三哥没回来，妈在外屋地做饭。我跑出去，院子里积了很深的水，我爸和老孟大爷在正房的西房山清理排水沟，三哥端着洗衣盆从老孟大爷家门槛往外淘水。

"去吧，没事了，立国赶快上学去吧！"老孟大爷喊。

三哥说："赶趟儿，等我把屋里的水淘完了的。"

我找了个小脸盆去帮三哥。老孟大爷家里满屋子都是水，都没了脚面子。三哥说昨晚上才吓人呢，屋里的鞋呀盆的都漂起来了，好几只耗子从炕洞子里钻出来，游泳逃生了。我看到西屋的山墙裂了很大的口子，半面墙的墙皮子都掉了下来，炕上的炕柜和被子被搬到外屋。

这天老孟大爷在我们家吃的早饭，苞米面大饼子、咸鱼、苞米面糊糊。老孟大爷说我一会儿去邮局给闺女姑爷打电话，让他们请假回来修房子。我爸赶紧说："大哥，千万别。我和秀芬就够了，可别耽误了孩子们的工作。孩子们懂事，在外面都是跟咱报喜不报忧的，咱也得尽量不给他们添乱。"

我妈也说："老孟大哥你是信不着我的手艺还是咋的，就这么点儿活，你们给我搭把手，我两天三天也就干完了。"

我妈是瓦匠，是整个车仗子镇，或许也是整个县里唯一的女瓦匠。

我妈三十岁那年，街道成立了一个小工程队，招瓦工和力工。她不顾我爸的反对，报名去工程队干上了捯灰儿搬砖的力工。她身材娇小，但很结实。她跟我爸说，我当一辈子家庭妇女倒没啥，但我不能总让你一个人养活全家，挣多挣少的咋说也能帮帮你。那时大姐才一岁，三哥在家带大姐，妈开始了她的第一次职业生涯。

左邻右舍都知道我妈绣花绣得好，但没人知道我姥爷曾是个好瓦匠。我妈说她做姑娘时就跟姥爷垒石头墙，是那种难度最高的干插墙气死龙王——不用泥不用灰儿的纯石头墙。她不用拉线就能垒得溜直，尤其是最见功力的墙角。她刚进工程队时整个工程队就仨女的，另两个在食堂。没人相信拿绣花针的手能和泥搬砖，我妈不仅证实了她能行，还很快掌握了难度小得多的砌砖抹灰儿技巧。没出半年她就由小工升为瓦工，后来工程队被房产管理处接收，她是第一批被定级的瓦工。到去年工程队停工之前，我妈的级别是七级瓦工，相当于现在的高级技师。如果不是因为没文化，据说肯定能被定为八级，即技工的最高级别。

但我妈付出的代价极大。三哥给我讲过如何帮妈挑手心的水泡，如何在大姐哭闹着找妈的时候领着大姐去妈的工地远远地望，大姐那时候脑袋上长秃疮，肯定是因为难受才哭闹，她迎着北风哭得泪水都和泥了，我妈回头看，一下子从脚手架上掉下来，摔断了踝骨……我妈白天上班，晚上揽绣花的活儿干，常常干到后半夜，她没到四十岁眼睛就花了。洗衣做饭等家务活我妈也一样不少干，家里这么多孩子，我妈个个都收拾得利利索索，就连我们衣服上的补丁，都补得规规矩矩方方正正……我成年后听大姐跟我说，在我和她之间，妈怀过一个男孩，四个多月时累得流产了。

老孟大爷的老伴很早便去世，他有俩女儿，一个在北京，一个在四川，据说都是知识分子。我只见过老二香姐，人很爽快，没架子，长得还特漂亮。香姐叫孟庆香，是外语学院的教师。她们姐俩工作忙，很少回来，常常过年都回不来。

老孟大爷最终没有给闺女们打电话。爸妈从这天起帮他备料修房子。听说要盖房子，左邻右舍的小孩们都很兴奋，争着抢着来看热闹。我们哥几个虽仍然沉浸在吓走燕子的痛悔中，但帮忙不添乱是毫不含糊的。那几天正赶上学校放农忙假，天晴了，我妈给我们分了工——三哥和来帮忙的同学宋大勇帮我爸清理地基、筛沙子、和灰儿，大姐帮着搬砖。我嘛，当然是看好老五。

老孟大爷这老房子有两个问题：一是西房山的排水沟太窄，导致那里排水不畅，长年累月，地基下沉，墙体就变形开裂了。如果不抓紧修，墙倒屋塌都有可能。二是屋里的地面低于外面，这就是街上和院子里的雨水往屋里倒灌的原因。

在保证安全的前提下，我妈给出了一个最经济的解决方案：拆掉西山墙，拓宽加固排水沟，重建西山墙地基，然后垒好西山墙并垫高屋内地面。老孟大爷同意了这个方案。

建筑材料也尽量节省，我妈说拆下来的旧砖只要还能用就尽量用，再买一手扶拖拉机新砖也就够了。

推车子、灰槽子、马凳子和跳板啥的大家什都是我妈从工程队借来的。大铲、刨锛、抹子、灰板子、重锤、拉线等小工具，妈的工具袋里现成的。

西山墙很快拆了。这是人字结构的起脊瓦房，南北墙承重，拆掉西山墙不影响房子的结构安全。但整个房子缺了一面墙，再下雨可受不了，所以必须抓紧施工。我爸和老孟大爷都请了假，我妈定下的工期是三天。

这在邻居们看来是不可能完成的任务——没有正规工程队出马，只凭一个女人和两个冶炼工人外加几个毛孩子，能把没了一面山墙的房子修好，别说三天……不是时间的问题，是不可能修好。

我妈让街坊们第一次见识了啥叫七级瓦工。

事实上，砌砖墙她只用了一天时间。

就见她右手拿着桃形大铲，先捯一铲沙灰儿摊平，然后左手接过我们递来的砖，稍掂一下便啪的一声拍在沙灰儿上，按一按，大铲随即上去咔地一磕……再进行下一块砖。那利落劲儿，看得我立马决定长大了一定要、必须要当瓦匠，而且要当一个像妈这样优秀的瓦匠。

大铲刮平沙灰儿的声音沙沙的，真悦耳，它往砖上磕的那一声更是清脆得叫人陶醉……最让我这四岁孩子感到劳动原来如此美妙的，是我妈干活时那轻快的节奏。她不像男人干活时还得时不时地停下来喝水、抽烟，还得一脸严肃装腔作势。看不出我妈有多累，她甚至都没有出汗，始终乐呵呵地、不紧不慢地保持一个最有效率的工作速度。大铲在她手里是那么得心应手，那么无往而不克，我妈挥动它砍断砖头也不过还是轻轻一磕而已。

要不是这之前拓宽排水沟时耽误了一些时间，整个工程甚至用不了三天。

西边的邻居是和我同岁的王小春家,他妈满脸横肉特矫情。他家房山和老孟大爷家仅相隔两米,本来拓宽并加固这共用的排水沟是惠及两家的事,照说他家都得感激老孟大爷,都得出一部分工钱才算公道。可他妈不知找哪个大仙高人给看了,说是西为青龙东为白虎,能让青龙高千尺,不让白虎抬一头,老孟大爷家在他家东侧,是白虎……绝不能让老孟大爷在他家房山的范围内动一锹土,否则对王家的风水不利。

本来事先老孟大爷已经拎着一个果匣子去他家沟通过,他妈虽磨磨叽叽地讲这讲那,但也基本同意。可临到开挖时他妈变卦,说啥也不让了。还放出狠话,说你们要是敢挖,我就躺在这水沟里不出来。老孟大爷忙说大妹子你这是何苦呢,我不干了还不行吗?我爸气不过,想上去理论几句,被我妈拉住。

从这一天起,我就特讨厌王小春他妈,连带着对她儿子王小春都看着别扭。小孩通常只通过事件来判断善恶,虽然这种判断容易放大被判断者的丑陋,但极实用可靠,一如燕子对人的判断。

老孟大爷回屋里叹气抽闷烟。他老实巴交,从不会跟人争吵。他说:"要不算了,咱就把房山垒起来得了。"我爸说:"那哪行,那样再下雨房山不还得下沉开裂呀。"

我妈说:"倒是有一个办法,咱们可以用大口径的水泥管子代替排水沟。挨着咱们房山装,不碍他们老王家事儿。"

老孟大爷说:"可是上哪儿踅摸水泥管子呀,有钱都买不着哇!"

老孟大爷说的是实话,那个年代,就连那一车新砖,都是妈托房产管理处的人批来的,水泥管子是工业建材,老百姓没处买。

我爸拍了一下大腿说:"你还别说,我原来待过的渔场修海蜇池子的时候多进了很多大水泥管子,不知现在还有没有,我这就去看看。"

我爸说完就骑上自行车奔了龙背岛。傍晚时分一台手扶拖拉机拉着满满一车水泥管子开进了院子，开车的说这是老雷大哥让拉来的。我妈忙问我家老雷咋没回来呀，开车的说老雷大哥搬管子时手压坏了，渔场的人陪他去镇医院了，他特意交代我帮着把管子卸下来。我妈吓得妈呀一声，放下工具就往外跑，跑到门口停住了。她显然是在犹豫，很快，她回来了，对愣了神的老孟大爷说："没事，没事，要是伤得重他能告诉咱们。一会儿他就该回来了，咱们快卸车吧。"

老孟大爷说："不行，等会儿卸车吧，我得去医院看看。"我妈拦住他说："不卸车哪行啊。老孟大哥，人家这车还等着回去呢。没事，等咱们卸了车再去医院也不迟。就听我的吧。"

老孟大爷不再坚持，立刻动手卸车。那水泥管子每节足有二百多斤，老孟大爷、司机、我妈他们三个人搬起来很吃力，三哥要上去搭手，妈和老孟大爷坚决制止。

卸完车的时候，渔场的宋金斗大叔骑自行车驮我爸回来了，我爸左手的小指和无名指被很厚的纱布包在一起。

"没啥事，蹭破了点儿皮。"我爸说。

他脸色发白，脑门都有汗珠子。我知道他肯定很疼，但他用一只手继续干活。

晚上回到屋里，我妈问："他爸，是不是伤到骨头了？"

我爸跟妈说了实话——小手指的最末一节骨头被压断了。

"这，就这么包着哪行啊。不得手术打夹板吗？"我妈说。

我爸说："不用不用，没那么娇气。大夫说这小手指头没法打夹板，俩手指缠一块儿就行了。没事，里面夹了块小竹片呢。"

"感染了可咋办哪！"

"没事，大夫给撒了不少消炎粉。"

我爸的手指就这么包了一个月，拆掉纱布时我见那苍白的小手指向内侧歪歪着，不能打弯。后来它就一直这么歪歪着不能打弯。

工程接近尾声的时候有了喜讯——燕子回来了！

它们终于肯在被我们刮光溜了的原址吐泥做窝。

其实，施工的过程中那两只燕子就回来过好几次，都是绕一圈观察一番便飞走。这一次看来是最终决定在这里安家。

我乐得使劲跳高，不敢喊，怕吓着了它们。老五受到感染，一个劲咯咯乐。晚霞映着他那拖着鼻涕的灿烂笑脸，那上面有人类从天堂里带来的最本源的善良纯真。

那时我妈正在屋里墙面上抹沙灰儿，听到燕子回来的消息，她长长地出了口气，说："我就说它们肯定会回来嘛。"我爸在旁边笑着说："是我说的好不好。"

这场面极少见——我爸几乎从未在孩子面前和我妈说笑。

我妈扑哧一笑，一抖右手里的抹子，把左手端着的灰板子上的沙灰儿上下反复折个儿，摆弄面团一般轻松。然后舒展右臂，把那团沙灰儿按在墙上画出一道美妙弧线，再翻转手腕，抹子折返回来，轻柔地压实沙灰儿，再折返，压出光亮，最后用抹子轻敲一下灰板子，老孟大爷便将一勺和好的沙灰儿扣在妈的灰板子上……旁边几个看热闹的大妈大婶不住地发出啧啧的赞叹声。

"看来还是你们家的好门风招来了燕子呀，我都跟你们沾光啦。"老孟大爷说。

我爸说："哈，燕子这是和咱一起盖房子呢。"

燕子肯定是这世上最勤奋的鸟，完成那个用唾液掺泥一口一口筑成的家，它们仅耗时三天。除了晚上休息，整个白天它们都往返于不知远在何方的河洼和新家之间，衔泥，吐泥，不知疲倦。妈说，这都两三天了，也不见它们抓蚊虫填饱肚子呀。我猜它们一定是在赶工期——要孵小燕子，没窝哪行，它们一定很着急。我决定试一下燕子是不是真的不吃飞虫之外的食物，没准它们饿急眼了能吃些米粒啥的。我抓了点高粱米，又掰下一些苞米面大饼子渣，放在燕子窝下边。哈，老人的话是对的——燕子一口也没动，后来家贼子把饼子渣吃光了。

头两天是那一公一母两只燕子在忙，到第三天头上呼啦啦来了很多帮忙的，场面极其热闹壮观。妈说那是它们的亲戚朋友，七大姑八大姨邻居发小啥的。这可真是太有趣了，燕子真可以在团结友善方面当人类的老师。

第三天的傍晚，这个由上万口泥粘成的半个小碗大小的燕子窝终于完工。燕子的亲戚朋友七大姑八大姨们都飞走了，只剩下那小两口在窝边欣赏作品一般悬停着飞。大概是窝尚潮湿不能承重，这天晚上它们住在旁边的电线上。

第二天它们一整天都在外面抓飞虫补充体力，几乎没有回窝。我猜它们也是给新家留出一段风干坚固的时间。

哈，一天之后它们开始装修了——叼来干燥松软的草梗絮在窝里。属简单环保型装修。

到三哥参加完升初中考试，新婚的燕子已经下蛋了。

那天晚上老孟大爷来到我们家，跟我爸说："兄弟啊，我跟你说件事，你可得听我的，还得别多心。今年的房租你就别交了，以后你也就看着给，紧巴了就别给。就这我都得感谢你们全家，你说我的孩子都不在身边，要是没有你们一家照应着，我个孤老头子哪能过得这么开心滋润哪。"

我爸说："大哥，这可绝对不行。我帮你是应该的，这么多年，你帮了我多少哇。要是没有你帮我们，我们一家没准都得流落街头。你收我的房租差不多是别人家的一半，我要是再不交那还说得过去吗？"

老孟大爷说："我知道你的脾气才先过来跟你说的。你就听大哥的一次吧。我就是找别人干活是不是也得给工钱哪。"

"那可不一样。远亲不如近邻，咱比邻居都亲，咱住一个院子，是一家呀。大哥你帮我时也没要工钱哪。别的不说，你明知道你住的老房子旧了，还把新房子让给我住，你完全可以自己住新房子，那样的话漏雨遭罪的不得是我吗，所以是你替我遭了那么些罪，我出点力气还不应该咋的。"

"可是，兄弟，眼下就你一个人供这么多孩子念书，真是太难了啊。这样吧，算是我把那房租借给你，等你的孩子们都出息了再还给我行不？"

"不行。大哥。"

老孟大爷最终没能说服我爸。

第三章

暑假很快到了,都在沈阳念书的大哥二哥回来了。大哥读机电学院,大三(五年制,应该1967年毕业),二哥读医学院,大二(五年制,应该1968年毕业)。

大哥二哥放假回家的这一天是我们这几个小孩的节日。那时候我们一年就盼两件事:一是过年,能穿新衣服放炮仗吃饺子吃肉;二是大哥二哥回来,能给我们带回新奇的礼物,给我们讲好听的故事。

大哥二哥一进院子我就抢着帮大哥拎那个沉甸甸的帆布提包,大姐下手快,她先抢去了。没办法,谁让我小呢。二哥的包倒也不小,可没人抢着拎。这里面有门道。

这门道就是:大哥的礼物都是好吃的,二哥的礼物全是纪念章啊卡片啥的,没法吃。

但礼节规矩可绝对不能含糊。我们把大哥二哥的提包拿进屋里,然后站在一旁听他们哥俩向爸妈汇报火车上人多不多、吃没吃饭……耐心等待他们打开提包的那一刻,眼睛还绝不能往那提包上瞄,那样很没面子。

我妈知道我们的心思,没问几句就说:"好了,歇歇就吃饭吧。"

大哥去外屋地帮妈做饭。大哥最懂事，每次放假回来多数时间都是帮爸妈干活。只要他回来，拉风匣的活基本上他全包了。他个子高坨儿大，窝在灶坑边拉风匣填柴火，常常弄得满头大汗，样子着实让人心疼……可他咋不先把提包里好吃的拿出来呀，唉，真不善解人意。

二哥在这件事上最懂兄弟们的心。他当即拉开提包，把每个人的礼物一件件拿出来摆在炕上，摆得整整齐齐，然后还发表了一通讲话，大概意思是我雷立人今年去工厂学工，接受工人阶级的教育来着，所以有机会亲手给你们做了一些有意义的礼物，你们可得珍惜，可得用仔细喽，用坏了可没人给你们修……然后逐人分发。

他是个办事有条理讲程序的人。他还特干净，小时候因为三哥埋埋汰汰邋邋遢遢，没少挨他收拾。那年代还没时兴洁癖这个词，现在看来他肯定是洁癖。那时候小孩在外面爬高上树打瓦弹玻璃球一把泥一把土地玩，连爸妈都做不到盯着我们洗手，他可好，一回家就盯住我们的手，进屋必须先洗手，忘了的话他就拿个小柳条抽我们的手，说进门忘了啥事啦？我们就得乖乖地去舀水洗手。我们指甲盖里只要有一点儿黑泥，他就立马逼我们剪指甲。我们说二哥呀，昨天刚剪的，再剪就剪到肉啦。他说那好办，拿笤帚篾子给我抠干净！我们只得拿起炕上那把成了精的小笤帚疙瘩，薅下一根笤帚篾子，把指甲盖里的黑泥抠干净。

多数男孩洗脸都是只洗面皮不洗脖子，时间久了就成了一张白净的小脸下面是黑车轴般的脖子。小孩天天出汗，这黑车轴上还会配上一圈一圈的泥褶皱……他一回来，每天盯着我们洗脖子，还必须得打肥皂。冬天水凉，棉衣还厚，小孩脖子又短，只能脱掉棉袄穿绒衣洗……我们有怨言时，妈就在旁边说："你二哥小时候还真就每天早晨穿着秋衣绒衣洗脸洗脖子。那时我就说，这孩子这干净劲，长大要是不当大夫可真是白瞎了。"他倒是真的如愿以偿念了医学院，可别折磨我们几个小的呀。

不过，炕上这些分外别致的礼物让我们几乎忘了二哥的苛刻，一个个几乎就要扑上去各取所需。二哥及时维持好秩序，按年龄顺序相继发放。

那把最亮眼的弹弓子是给三哥的，二哥亲手制作。弹弓子的手柄用白钢焊条弯成，手法细腻，比用机器弯成的都精致，二哥还用细砂纸给磨出乌亮的亚光。二哥说这根焊条是去工厂学工时工人师傅给的废料。弹弓子的胶皮用的是当时医院里的胶皮输液管，崭新，二哥跟实验室的老师要的。装弹装置是一块很厚实的纯翻毛牛皮，二哥从学校垃圾箱里的一只旧大头鞋上剪下来的。

三哥对这把在当时绝对是超豪华配置的弹弓子爱不释手，问："二哥你咋知道我最喜欢这个呢？"二哥哈哈乐，说："你不是总说我不带才吗，这回还说不说了？"那时半大男孩时兴炫耀两样东西：一个是军帽，另一个就是弹弓子。我们家没有当兵的和当官的，军帽自然是不敢奢望，弹弓子三哥倒是有一把，是大哥用八号铁丝给做的，生锈，不好看，胶皮用的是老孟大爷给的自行车里带，不好用，老断。眼前这把全车仗子镇都独一无二的弹弓子可以让三哥好好地炫耀一大阵子啦。

大姐的礼物是一只蝴蝶头卡，买的，我们镇上还没见过这个款式，大姐喜欢得不得了，当时就戴上了。可惜头发太少，夹不住，老往下掉。便自己拿一个皮套绑在"钻天锥"上。

事实证明二哥之选择礼物是英明的——他的礼物虽不能吃，花钱也很少甚至不用花钱，但可以保存，有的甚至可以永久保存。我到现在还保存并使用着二哥那天给我的礼物：两个书签。那是早逝的二哥留给兄弟姐妹们唯一一份念想物。

那礼物是两个系着小红绳的纸片，一个是用二哥亲手拍摄并洗印的他们学校正门的照片制作的,另一个是二哥在沈阳新华书店买书时赠的,上面有鲁迅的头像和鲁迅的诗句:"横眉冷对千夫指,俯首甘为孺子牛。"这两个书签的背后都有二哥的题字:"赠给四弟立忠,好好学习,天天向上。"二哥的字是我们兄弟姐妹中最漂亮的,他可以把钢笔字写出毛笔字般的粗细浓淡笔画,字体也稳健清秀,比一般的钢笔字帖都好看。我上学后潜心模仿他的字体,到我当上老师在黑板上板书的时候,同事和学生都夸我的字写得好。

给老五的礼物又是二哥自制的——一只万花筒,外面糊着花纸。这,这可真是没想到,我们还猜这个东西是啥呢。我和大姐边抢过来看,边说小孩也没法玩这个呀,不得让他给玩坏了呀。老五立马用哭声维权,并从此抱住这个宝贝不撒手。

哥儿几个的礼物分发完毕,除了我噘着嘴,他们都欢天喜地的。不怪我噘嘴,四岁的孩子只知道吃和玩,我还没上学呢,知道书签是啥玩意儿啊。尽管长大后知道我的礼物最有意义,也只有我这两个书签保留了下来并一直在使用,但当时可是差一点儿就开哭。我捧着那两个带小红绳的纸片控制控制再控制,终于没控制住说了句早就想说的话:"就你带来的都是铁的纸的玻璃的玩意儿,没一样能吃!"

全家哈哈大笑,连我爸都吭地笑了一声。二哥拍了下我的脑袋,又看了看我这张和他一样营养不良的脸,说:"看来这孩子肚子里的馋虫不止一条两条哇。好,二哥早晚让咱小忠子解解馋。等明儿个二哥就和三哥去打雀儿给你吃。"

大哥边往炕上放饭桌子边说:"哈哈,有馋虫没事,大哥的东西都是解馋的。不过还是吃完饭再拿出来吧,不然没法吃饭啦。"

那天晚上家里炖的宋金斗大叔送来的鲅鱼,全家八口人围坐在那张大炕桌旁,吃得好香好香。自打我爸离开渔场,除了渔场的老友间或送来一些海物,还有就是星期天我们去海边赶海挖些蚬子,家里常吃的只有一分钱一大铁锹的毛蚶子和五分钱一大捆的干海带，没钱买鱼虾吃。

宋金斗大叔和我爸是石岛老乡，当年我爸在这儿的网铺安顿下来后他投奔过来的。

今天这两条鲅鱼特新鲜，鱼出锅后我妈按惯例先盛出两段最大的，让我端去送给老孟大爷。这活我最乐意干。以前我爸在渔场打鱼时，每当带回海物——通常是自行车后座上绑着的满满一耳筐鱼，我妈都是左一份右一份地给邻居们分，并且肯定是把个头大的整齐的送给邻居，破肚子掉头的自己留着吃。常常是分着分着，自己家剩下的只有臭鱼烂虾了。家里这些肚子里有馋虫的孩子哪能没有怨言，我妈便说："送给别人的东西必须拿得出手，不然还不如不送。"有一次三哥说了一句很没出息的话："那咱非得送给他们吗？咱家这么多人，留着咱自个儿吃多好。"我爸在旁边用极严肃极惊讶的表情瞪了他一眼，这一眼把他吓得直哆嗦，知道自己说错了。我爸当时那表情——严肃惊讶中还带着失望。当时我妈说话了："立国子呀，海物太鲜，是解馋的稀罕物，不能多吃，吃多了就啥都不觉得鲜啦。记住，咱家没啥能耐，除了你爸带回来点儿海物分给大家，咱也不能给邻居们做啥。这是人情、是念想，必须得这么办。要是有好吃的只顾着自己吃，那你就灶坑打井房顶开门，一个朋友也没有地过日子吧。"

我妈的这段话是三哥后来讲给我听的，他说他会记一辈子。因为他从小听话，我爸从来没那样瞪过他。

到我和老五老六记事儿之后，我爸已经不再打鱼，不然就凭我们这几个馋猫，不得说出比三哥还过分的话才怪，挨妈笤帚疙瘩都有可能。但有一点是肯定的，那就是我妈那段话的要旨已经薪火相传了，我们已经把为邻居、同学、朋友做事当成荣耀。即使到了现今这海物早已不是解馋的稀罕物，邻里间也不再需要通过互送食物来传达友情的年代，我妈那段话依然是我们雷家值得传下去的财富。

今儿个给老孟大爷盛鱼的时候三哥说："渔民们不是说'加鱼头、鲅鱼尾、鲐鱼肚子、蟹子腿'是最好吃的吗？咋不把那两条尾巴给老孟大爷呀。"我妈说："俺家立国子懂事了。只是哪有拿鱼尾巴送人的呀，还是挑两段顺溜的好肉吧。"

三哥说的那四种好吃的部位我还真都没少吃。加鱼就是加吉鱼，也叫鲷鱼，是产量不高的海珍品，它的头虽没啥肉，但又鲜又香，尤其是鱼唇和腮帮子。鲐鱼也叫鲐鲅鱼，是鲅鱼的近亲，可是味道差远了，不好吃，发木、发腥，通常高温做成鱼罐头才能吃，就是茄汁鲭鱼。可它肚皮上那块肉绝对是口味独特的美味。螃蟹大腿嘛就不用说了，说起来都让人流口水。

我家饭桌上的规矩是长辈为先。好吃的，特别是稀罕的东西必须可着大人吃，主要是我爸吃。没有先给小孩特别是最小的孩子吃的道理。这是铁打的规矩，我们兄弟姐妹从小就知道这规矩并自觉遵守维护，就连刚冒话的老五都不敢对爸饭碗里的那段鲅鱼尾巴动心思。这还不算，我家的孩子只要能端动饭碗就得自己吃饭，没人喂。按我爸的说法，不吃就是不饿，饿了就是用手抓着也能吃饱。他极端看不上追着喂孩子，说那是害孩子。我家除了老五老六，我以上兄弟姐妹五个都经历过挨饿的三年困难时期，尤其是我，在妈肚子里就挨饿，像我妈说的，我们都是饿死鬼托生的，哪还用喂呀。我爸说的是真理。

我观察左邻右舍，多数家庭并不执行这样的规矩。他们执行的是相反的规矩——好吃的可着孩子吃，特别是最小的那个。这个孩子基本上是家里的祖宗——满碗的菜他可以肆意用筷子扒拉、搅和、挑拣，却还需要大人一口一口地喂。发贱的大人一边追着喂一边哄："小祖宗哎，求你吃一口吧！"王小春这小子就是典型代表。尽管他家里也并不富裕，但祖宗的待遇那是绝对不含糊，以至于到了学校他也把自己当成祖宗。

我爸并不是吃独食的家长，常常，我妈只给他用葱花炒一个鸡蛋，他也得在小碟子里给我们每人分一小块。但请注意，这是在长辈为先的规矩下的赏赐，小孩需持感恩的心去吃那块世界上最香的花生粒大小的葱花炒鸡蛋。真的香极了，我现在都还记得那个味儿。

至于为什么要把好吃的可着大人先吃，我妈的理由很简单：大人，特别是我爸，是家里的顶梁柱，全家都靠他养活，他要是吃不饱吃不好就没有力气干活，到时候我们全家都得挨饿。小孩只要不饿着就行了，以后吃香喝辣的日子长着呢。要是从小就惯得奸懒馋滑，长大了不会有出息，吃香喝辣的日子也就不会有。

我成家后媳妇曾问过我，说咱家老爷子老太太咋能那样对待孩子呢，太自私了吧？困难时期挨饿那三年也那样吗？怪不得二哥三哥都瘦得麻秆似的。我说错、错，咱家家教的精髓就在这儿。没这份自私，我们哥儿几个就不会有今天，咱俩也不会认识。哪个老人不心疼孩子，这是人的本性，能狠得下心不娇惯孩子的家长不多。放心，挨饿那三年咱爸咱妈把好吃的都填咱哥咱姐的那几张嘴了，咱爸饿得晕倒过好几次，咱妈吃苞米皮子泡出来的淀粉和榆树皮，吃得全身浮肿，差点儿死过去。

晚饭后大哥终于分发礼物了。哈，果真又都是吃的。只是我们都刚刚饱餐过鲅鱼大饼子，于饱嗝声中接受好吃的礼物，其效果跟饭前比自然是没那么热烈。看来大哥这工科学生没学过心理学和生物学呀。不过这样最好，我们可以把礼物留着细水长流慢慢品味。

我们每个小孩得到一盒梦寐以求的铁盒糖豆，大姐额外得到一盒我们还没见过的蛤蜊油。这铁盒糖豆的铁盒有一拃长一寸宽，里面装着百十来粒五颜六色的黄豆粒大小的小糖豆。我们哥儿几个见过这种铁盒，上面画着类似"大生产"烟盒的丰收画面，三哥还用这种小铁盒装过玻璃球。但这里面装的糖球长啥模样我们就只能凭想象啦。今儿个得偿所愿，我乐得举着小铁盒哗啦哗啦地摇，当时就想，这里面的糖豆第一个得送给老孟大爷，以报答他的糖球之恩。老孟大爷的糖球足有我们弹的玻璃球那么大，一个顶我们十个糖豆呢。我计划好这事儿明儿个一早就去办。

旁边大姐打开她的那盒，拿出一个往我爸嘴里送，我爸说："你看我啥时吃过糖，不吃，给你妈吧。"大姐便往我妈嘴里送。我妈用手挡住，说："侬子呀，这第一口糖你们想到的不该是爸妈，该是谁呀？你们都想想。"

我刚想张嘴说该送给老孟大爷，手快嘴快人也"欠儿"的大姐抢先举手回答——"老孟大爷！"并立马攥着那颗糖豆往外跑。我那个不平衡啊，心说我早都想好了第一块糖要送给老孟大爷，你咋抢先了呢，不行不行！急得我满脸通红，眼泪都要下来了，喊："我先想到的，我先想到的！我先去，我先去！"边喊边往门口跑，结果被凳子绊倒，铁盒脱手，盖子被摔开，糖豆撒了一地！

妈呀，这可不得了，我大哭。全家人，除了我爸仍端坐在炕头喝那大茶缸子里的茶水，其余都下地帮着捡糖豆！大姐也踅回来帮着捡。那时平房的屋里都是泥土地面，虽扫得一尘不染，但毕竟是潮乎乎的土地，糖球掉在上面，其效果可想而知……捡哪捡，我妈拿出那块她自己绣的从来不舍得用的白细布手绢，铺在炕上，我们把捡起来的糖豆放在上面，我妈再一粒一粒地吹一吹擦一擦，然后放回小铁盒。

二哥说："妈，别急，得数一数。柜子下面，炉坑里面肯定还有，不捡起来可就成全耗子了。"便"一对、两对、三对……"地数，数了两遍都是九十七粒。他问大哥："大哥，这一个盒里都多少粒呀？"大哥说："我哪儿知道，说实话我长这么大也从来没吃过这种糖豆。"

尽管仍委屈慌乱，我还是立马决定，这糖豆第二个该送的人是大哥。

大哥把三哥的那一盒倒在手绢上，数了一遍，整整一百粒。二哥问我："小忠子，你是不是偷摸先吃了三粒？"我气得又要哭，说："你才偷吃了呢！"

二哥说："没说的，找吧，还有三粒呢。"大家便继续找。最后在大柜底下找到俩——点着蜡，拿炉钩子扒拉出来的。炉坑里还真就有一个，深陷在炉灰里。二哥把这三个糖豆冲洗干净，说："不瞒小忠子，二哥我也没吃过这糖豆呢，咋样，这仨埋汰的让大哥二哥尝尝？"

我当时回答得绝对讲究——"那可不行，要吃就吃好的。咱妈说过，送人的东西必须拿得出手！"引得全家大笑。

那晚，三哥带着大姐和我，每人捧着十个糖豆，组团去了老孟大爷家。

后来我妈说大哥二哥："以后可不许再给他们买东西了，都是从你们嘴上勒的。"说着话眼圈都红了。我不知道妈为啥这样。当时大哥说："妈，他们还都是小孩，盼着我们回来呢，我们这当哥的还不得给他们留点儿念想。"二哥说："是呀，再说我的那些东西也基本没花钱。"

长大后我才知道，那时大哥二哥都享受一等助学金，每个月十几块钱，家里每月再给他们三块到五块钱……这些钱只能勉强做到让他们这样的穷学生不饿肚子完成学业。他们给弟弟妹妹每花一分钱，就意味着得从自己的伙食费里省下那一分钱。而他们当时也就二十岁出头，还是正在长身体的大男孩。

童年的记忆是由一件件十分具体的事件构成的，大哥二哥用他们的爱给弟弟妹妹们留下了值得终生回味的记忆。

那糖豆刺玫花口味，极硬实耐含，一粒足够含十五分钟，老五小小年纪还自创了一种更持久的含法——间或让糖豆停在舌头正中间，把舌头伸出口腔……以这种含法可以含二十分钟。哈，大姐很不屑我和老五这细水长流的吃法，说我们俩是馋猫。她那盒没两天就给一起跳皮筋的那些疯丫头分光了。

那小小的铁盒被我揣在怀里很久,说实话糖豆只有一小部分进到我自己嘴里,多数送给要好的小伙伴了。我在意和享受的是掏出小铁盒时小伙伴们羡慕的目光,特别是当他们问这是谁给买的时,我的那一句"我大哥——从沈阳——给我带回来的"一出口,小伙伴们那表情……真是让我老自豪了。那时候,沈阳对于我是一个遥远的梦想符号,大哥二哥则是近在咫尺的偶像标杆。爸妈问我长大了想干啥,我张口就来:像大哥二哥那样去沈阳念大学!把当瓦匠的事儿就给忘了。

燕子开始孵蛋的时候家里那只最高产的母鸡抱窝了。这可是件大事。

原因是,母鸡一旦抱窝就不下蛋了,还整天占着鸡窝咕噜咕噜地折腾,影响别的鸡下蛋。这只母鸡长得丑,还最嘚瑟,常跳进仓房里偷吃的,所以很不讨人喜欢。我们曾多次建议我妈杀了它吃肉,我妈说全杀了吃肉你们才高兴呢,可鸡都杀了鸡蛋从哪儿来呀,就数这只鸡最能下蛋啦。

我到现在也没搞懂鸡抱窝究竟是咋回事,只知道大概意思是它想把自己下的和其他鸡下的蛋都孵出小鸡……但人只需要它下蛋,除了卖小鸡崽儿的。所以得想办法阻止它抱窝。

那几天那只鸡十分折腾,浑身的鸡毛都戗戗着,埋埋汰汰,红着脸,还不时叼下鸡毛絮到鸡窝里。过去听到白话谁"整得像个抱窝鸡似的"还不明白,现在明白了。最烦人的是,别的鸡下了蛋我们去捡,这只抱窝鸡会夅着翅膀动真格的鹐我们,有一次把大姐的手背都鹐破了。

我爸跟我妈说:"要不把它杀了吧,正好我听说鸡血能长头发,依子大姑娘家家的头发总这么少也不是个事,趁她正放暑假,把头发剃了，抹上鸡血试试呗。"

旁边大姐听到了，喊："我不剃头！我不剃头！"捂着脑袋往老孟大爷家跑。

我妈说："不行啊，这鸡连蛋呢，杀了太可惜啦。再说，杀鸡也得过年哪，这不年不节的，杀鸡让别人笑话。"

当天，我妈交给二哥一个任务，让他拎着这只鸡去后面河洼里"沁一沁"。说是老辈人说的，抱窝鸡用冷水好好沁一沁就不抱窝了。我妈特殊交代："看你胆大心细才让你去的，记住，千万别给呛死喽，呛死了拿你抵命。记住了，把鸡头朝下放水里沁几下，快点儿拿出来，冷水激一激就行，完事再给它好好洗洗澡。"

二哥领命。我照例要跟着去，二哥照例不愿意带我。我妈说："就你个不带才的不愿意带小的玩！带立忠子去吧，正好，立忠子帮妈看着他点儿，别让他伤着鸡。"

就这么着，我们哥俩拎着那只倒霉的抱窝鸡开始了注定会闹出许多波折的"沁鸡行动"。说鸡是记吃不记打的低能动物一点儿也不假，它不知将大难临头，依然在二哥手里脸红脖子粗咯咯嗒咯咯嗒地嘚瑟。二哥边走边说："小忠子，你说我咋就不信用水沁一下它就能回心转意不再抱窝呢？"

河洼很快到了。这里得交代一下，那时的小城镇和农村并无多大区别，我们家住的车仗子镇政府所在地过去就是一个村。镇中心那个当地最大商业机构"大合作社"上的水泥字就是"车仗子村供销合作社"。村子都是依河而建，我们去河洼自然很近很近啦。

河洼里有不少光屁股的小孩在翻跟头打把式地戏水，几只鸭子排着队游泳觅食，两个大婶在岸边洗衣服。河水清澈见底，岸边杨柳轻拂。见我们拎着只鸡过来，其中一个挺爱说话的大婶好奇地问："哥俩拎着只鸡，这是哪一出哇？"二哥嘿嘿一乐，说："哪一出？林海雪原，百鸡宴！看过吧？"说得那大婶直卡巴眼睛。我也被整得五迷三道，权当他在胡说。

到他开始沁那鸡的时候我方发觉情况不妙。头两下还算温柔——把鸡头朝下按进水里，很快再拎出来。那鸡被河水呛得直咳嗽，扑棱着膀子挣扎，弄得二哥满身满脸都是水。二哥拍了它一下，它反倒扑棱得更欢。二哥不再客气，按住鸡头不抬手！我大惊失色，想起自己的使命，出手过去解救那鸡……好歹把鸡拎出了水面，鸡已是奄奄一息。我大喊："咱妈不是说了不许呛死它吗?！你坏，你坏！你成心想淹死它！"旁边那俩大婶也一个劲儿地帮腔，说："这孩子，这么整还不得把鸡给淹死呀。"

二哥肯定是被我的声讨给镇住了，嗫嚅着说："我看没事吧，一会缓口气就没事了。"

然而晚了，有事了，那鸡扑腾了几下终于咽气了。

…………

许多年以后我问二哥："那次沁鸡行动，你是一开始就存心沁死它以给我打馋虫呢，还是由于那鸡弄湿了你的干净衣服，你才临时心生歹念激情犯罪呢？"二哥大笑曰："兼而有之，兼而有之。"

我当时吓得不知所措，没法不开哭。二哥已经恢复了一贯的冷静，难得地给我抹眼泪，说："忠子，二哥不是说过早晚得给你解解馋吗，今儿个这就是想让你吃鸡肉哇，你咋还哭呢？"

我扒拉开他的手，哭着说："谁馋哪，你才馋呢！这回看你回家咋办，咱妈不得拿你偿命才怪！呜——"

"不够意思，回家你就说是我不小心才把它给淹死的，中不？"二哥求我。我梗着脖筋喊："不中！"

二哥叹口气，按妈最后那句嘱咐，把鸡洗得干干净净。败家洁癖，鸡都死了，洗多干净有啥用。

我们拎着死鸡回到家时，那场面……可想而知。倒是肇事者二哥表现得最为平静，他说："妈，我真没想到这鸡这么不抗沁，看它平时那嘚瑟劲，以为它还能挺一阵子呢。反正鸡是死了，妈，你打我一顿解解恨吧。"我妈气得眼泪围眼圈转，可二哥已经是大小伙子了，哪能动笤帚疙瘩，便使劲掐他的胳膊，一边掐一边说："你个狠心肠的，一会儿我拿盆水来沁沁你，看你能挺多长时间！"

二哥被掐得龇牙咧嘴。我当时的表现嘛那叫十分得体十分够意思，既没揭发他有蓄意的嫌疑，也没替他说一句遮掩开脱的话。妈肯定是心里明明白白的，因为她既没向我核实现场的情况，也没追究我这个"监沁官"的责任。

这时旁边三哥又说了句最没眼力见儿的话："反正鸡也死了，赶快煺毛炖了吧，不然一会儿臭了。"气得我妈回身掐他，说："吃，吃，就知道吃！我看你们是串通好了的！"

老孟大爷过来解围，说："年轻人手上没准，弟妹你就别埋怨他们啦。也该着孩子们有口福，来，把鸡给我，我给你们煺喽。"

我妈说："这帮败家孩子，要是准知道把它整死了，还不如杀了呢，鸡血好给小依子抹脑袋呀。这可倒好，鸡血也放不出来了。"

大姐又吓得往老孟大爷身后躲。老孟大爷呵呵乐，说："这不算事，等我给小依子想办法，保准让她长出一头好头发。"

那天晚上我家吃的是炖母鸡。

我妈一块鸡肉也没吃。二哥小心翼翼地给她夹了一块，她又给夹了回去。还好，我爸没对这件事发表任何意见，鸡肉也吃了一块，这让我们心里稍安。鸡肉的味道实在是香，我吃着吃着也就把负罪感吃到九霄云外去了。二哥让大姐吃鸡肝，说这玩意儿长头发，大姐不吃。

若干年后二哥领着新婚的二嫂回家，席间我们这些小叔子向二嫂汇报二哥之诸多恶行，第一件就是此次"沁鸡行动"。成家立业了的大哥二哥已经敢在爸妈面前开开玩笑，当时二哥说："妈，其实那次真的是怪你用人不当，要是派立国去，大家肯定吃不到鸡肉。"

第四章

　　大姐不光头发有点儿问题，两三岁的时候还犯过吃土的毛病。

　　那时我家住在兴城的钓鱼台村，房子是没抹白灰的沙土墙。我妈发现墙上相继出现几个像是用手指头抠出来的小圆坑，问是谁弄的，没人承认。后来发现肇事者竟是大姐。抠墙不算，还把抠下来的沙土放嘴里吃！嘎吱嘎吱那叫一个香。我妈吓坏了，说你吃它干啥呀，它也不能吃呀。大姐说好吃呀，我馋。

　　大姐从小就挑食，那时渤海的渔业持续丰产，家里并不缺海货，可她不爱吃，每顿饭就捧着个大饼子或窝窝头干噎。结果长得干干巴巴，焦黄的几根头发挓挲着。谁也不知道原来她偷摸地抠墙上的土当菜吃。

　　我妈跟我爸商量，说这丫头是不是中邪了。我爸从来不信鬼神那一套，说你别瞎说，这是实病，估摸是老辈人说的癖症，得找人看看。

　　房东老黄大妈正好是个半仙之体的业余郎中，曾干过几天赤脚医生，后来据说是因为搞封建迷信那一套而被解聘。老太太研究了一番大姐的症状，说是有一个方子可根治。不过这方子挺特别，只怕你们心疼孩子舍不得。我妈说我家除了没有钱，别的没啥舍不得。老黄大妈便说出了这个方子——需到油条铺买一根刚炸出来的油条，然后拿根绳儿拖着跑回家。不管路面上是啥情况，也不管那油条铺离家有多远，一定要始终拖着。回到家给丫头吃了便好，以后永远不会再犯。

一听这个方子，就连我们几个埋汰惯了的孩子都直发怵。爸妈很犹豫，但最终还是决定试一试。没有别的办法呀，那时没钱去医院不说，普通人家小病小灾的也不时兴去医院。

"抓药事宜"当然是由三哥去办理。我妈给三哥装好钱和粮票，又备了一条封麻袋口的细麻绳。三哥准备停当便奔了镇西头的油条铺。

进得油条铺，三哥掏出一毛四分钱二两粮票往柜台上一拍，说来两根油条！两根黄澄澄的大油条上来了。三哥二话不说，从腰里掏出那根麻绳麻利地绑上一根，然后左手抓起另一根，右手拖着绑上的这一根，一溜烟地跑离油条铺，把个卖油条的惊得目送了足有十分钟。

油条铺离我家少说也有二里地，这一路上可真考验了三哥的忠诚和体力。事实证明，妈这次派三哥出马是知人善用选对了人。

归程的路线上基本都是村镇的街道，路过很多家大门口，那时多数家庭养狗，还都不拴着……那时的狗还都爱管闲事，还都跟主人一样饥饿一样馋……要不是机智的三哥不时把左手攥着的那一根揪下一点儿扔出去堵那些狗的嘴，并把剩下的部分及时吃掉补充了体力，后果可想而知。最要命的是有一只霸道的大鹅，欺负三哥瘦小，竟盯着地上那根油条，脖颈紧贴地面追了有几十米，三哥飞出一块早就备好的石头才给轰跑了。

幸好那年干旱少雨，一路上虽红尘滚滚，但毕竟没遇到水洼坑泥，不然大姐的这服药可就惨了。那年代油条的用料和做工也实在，拖着跑了二里地愣是没断裂没散花。到三哥气喘吁吁满头大汗地把这根虽然没断裂没散花但已经是面目全非的土油条呈到大姐面前时，大姐竟跳着高地接过来，吧嗒吧嗒就开吃。吃了半截时我妈看不下去，还怕她吃坏了肚子，硬是给抢了下来。

唉，不知是老黄大妈的医术不精还是因为整服药没全部吃完，反正大姐的病并没有根治。我妈急得不行，四处打听，最后在一个盲人工厂找到了一个专治疑难杂症的盲人师傅。我妈领着大姐去拜访这位老师傅。大姐看到盲人有些害怕，这位和善的老头一边给大姐号脉一边安慰她："别怕，别怕，大爷给你拿拿虫儿，大爷给你拿拿虫儿。"

号脉的结果是，大姐肚子里有一种特殊的虫子，专爱吃泥土。要杀灭这些虫子，只需要一服最简单的药——用香油炒一小碟大姐最爱吃的墙土。辅助的食疗是：多吃海物，不可偏食。

我妈半信半疑地照办了。奇怪的是这香油炒过的墙土大姐十分不爱吃，在我妈督促下勉强吃下后立马兜肚连肠全给吐了出来，并吐个没完，把苦胆都吐出来了。

对症了。这和土油条照说也没多大区别的方子终于见效，大姐从此不再吃土。

我妈牢记盲人师傅的医嘱，吃饭时把笤帚疙瘩摆在一旁，逼着大姐每顿饭都吃些小鱼小虾。

大姐这雷家一枝花命里注定不好养活，吃土的毛病治好没多久又生了秃疮。那时我家刚搬到车仗子老孟大爷家，离镇医院很近，老孟大爷力劝去镇医院看看。爸妈听老孟大爷的话，带大姐去了镇医院，很快便治好了。头发倒是长全了，可稀稀拉拉焦黄的，是个货真价实的黄毛丫头。不过这丝毫不影响她在周围小女孩当中的威望和号召力。她的组织协调能力、爬高上树跳皮筋跳方格的能力，均在上学前便得以锤炼和展现，到八岁上学时，已经成长为附近疯丫头的领军人物。

　　这么描述容易让人误解大姐是个只会淘气的坏丫头。错，大姐可是个品学兼优的好学生。她现在是车仗子镇中心小学二年三班的大班长，两道杠。老师们老稀罕她啦——帮老师维持班级纪律的时候，拎着调皮男生的耳朵就出去了，完事还得站在门口把那男生教育得服服帖帖才肯让他再进来。她最羡慕三哥早晨站在学校操场前面高台上升国旗，还有间操结束后挥动红旗指挥全校各班按顺序回班级。三哥毕业前她找大队辅导员毛遂自荐要接三哥的班。大队辅导员说雷立依呀，大队长都是由高年级的同学担任，你还小，组织全校的大型活动啥的还需要一步步在班级活动中积累经验。大姐说，没事儿，我哥每天做的那几个动作、讲的那几句话我都背下来了，要不我这就给您做一遍……大队辅导员算是领教了雷立国这个啥场面也不怵的妹妹。

　　我这个弟弟可是每天都能领略大姐的本事——跳皮筋。

　　那时女孩们跳皮筋起码分三个层次。年纪小的跳没有歌谣的"双腿蹦儿"，皮筋一般也就在小腿肚以下的高度。上学了的跳的是边唱边跳有舞蹈般美感的"皮筋舞"，著名的歌谣有《马莲开花二十一》《十二打点响叮当》《学习李向阳》。

　　《马莲开花二十一》显然是考验记忆力和耐力的——"小皮球，架脚踢，马莲开花二十一，二五六，二五七，二八二九三十一，三五六，三五七，三八三九四十一……九五六，九五七，九八九九一百一。"一般体力的孩子跳完第一个"九八九九一百一"以后就上气不接下气了。另两首都是歌颂英雄的："十二打点响叮当，战斗英雄黄继光，董存瑞、邱少云，他们牺牲为人民。""学习李向阳，坚决不投降，敌人来抓我，我就跳高墙，高墙没有用，我就钻地洞，地洞有枪子，打死小日本。"对大姐来说，这样的皮筋舞充其量也就是热热身。

等级最高难度最大的是"单腿蹦儿"——皮筋从脚脖子逐级往上升,最后一直升到用手高高举起,术语叫"大举"。能完成大举的女孩需有芭蕾舞演员般的柔韧功力,方能用脚尖够到皮筋并完成全套动作。跳过这个高度,相当于具备跆拳道八段的水平,或者相当于滑雪者挑战了黑钻级的雪道。达到这样水平的,通常是将要升初中的个子较高又协调性柔韧性极佳的女孩。

哈,如果你小时跳过皮筋或者观摩过这种游戏,你应该知道这还不是跳皮筋的最高境界。最高境界是——举皮筋的孩子把皮筋套在食指尖上,然后踮起脚,高高举起!这可是相当于跆拳道九段或者滑雪的皇冠级雪道啦。能达到这个境界的女孩那可是凤毛麟角。

跳皮筋是两人一组,按常理谁也不愿和小个子配对,明摆着,小个子吃亏呀。大姐个儿不高,精瘦的,但"配捎伙"时那可是双方抢着要的主力。她们这拨高手不屑于从脚脖子跳起,一般开场就是胳肢窝,然后依次跳细脖、耳朵、脑门……但见大姐闪转腾挪,两条"钻天锥"随风飘荡,脚尖不时燕翅般凌空划过,精准地倒着钩下比自己身高高很多的皮筋,不可思议。接近大举时,同伴已基本无法完成,都是她代替完成,也就是说每一关她都得跳两次。

巅峰对决的时刻到了。对方踮起脚,把皮筋架到指尖上,恨不得接出一截指甲。这时周围已经是大人孩子围了一大群。大姐深吸一口气,瞄了一眼云霄中的皮筋,后退几步,然后助跑、加速……到达皮筋下方时双手撑地,打出一个连最生猛的男孩都难以完成的高质量车轱辘把式,也就是侧手翻……塑料底儿板鞋那薄薄的鞋尖在最高处分毫不差地挑进手指宽的皮筋间隙。也仗着穷人家的孩子买不起球鞋等厚底的鞋,不然这肯定是不可能完成的任务。

一片喝彩声中大姐那是踌躇满志,攥皮筋而四顾。把我们这些小屁孩看得那是目瞪口呆,怎一个服字了得。

三十年后我跟唯一的外甥肖晓曦回顾他妈这段辉煌经历时,晓曦非得让大姐当场示范下，姐夫肖长春也在一旁煽风点火。大姐当时气定神闲地做了个标准的助跑动作，然后抬手给了晓曦一个脖溜子，说："小兔崽子，车轱辘把式妈是肯定打不了啦，像车轱辘似的滚估计还没问题。"

抱窝鸡事件的第二天，一大早，老孟大爷过来说："把依子的头发剃了吧。"没等爸妈问这是咋回事，老孟大爷接着说："我家那只败家公鸡，又截道又鹐人的，我早就想杀了吃肉。正好，咱先给依子剃了头，一会儿用热乎的鸡血给她抹脑袋。"

爸妈知道这是老孟大爷成心为了大姐的头发才这么做的。

说起来，老孟大爷家的那只大公鸡倒的确是很过分。它原本的工作不过就是负责左邻右舍若干鸡群的传宗接代事宜，相继斗败几只争权夺势的公鸡后它变得自我膨胀，竟越俎代庖扮演起看家护院的角色。这照说也是件好事——我家和老孟大爷家都没养狗，有公鸡看家省了养狗的支出不说，还无噪声不扰民。自打它主动上岗，捡粪的、收破烂的、算命的这些形迹可疑人等都不敢进院了，不然它往死里鹐。但遗憾的是它常不分敌友，一些常来常往的老邻居、小伙伴也常挨它的鹐。象征性地鹐几口也就罢了，这家伙真使劲，有时隔着裤子都把小伙伴的腿给鹐青了。它尤其跟对门老薛太太过不去，老太太个儿小，到我家串门时它竟然跳到老太太的肩膀上，把人家头上的小卷都给鹐散花了，吓得老太太不敢再来串门。这还不算，它欺负老太太欺负惯了，竟然到大街上截老太太寻衅，把老太太撵得颠着小脚直跑，边跑边骂："你个败家孽畜，我也没上你家去呀，你管得也太宽了吧。"

这次明显超出了看家护院范畴的越界执法让老孟大爷极没面子。老爷子气得拿竹竿追着打，打得它掉了很多鸡毛。不过鸡这东西真的没记性，挨打之后也没啥改进。

不过这只公鸡长得那可是威风凛凛仪表堂堂，平日在院子里高视阔步地巡逻，样子很招人稀罕。这鸡嗓门也不错，每天早晨在院墙上那一声啼叫雄浑高亢，整个镇子都能听得到。再说，这鸡毕竟是老孟大爷的一个伴儿，真要杀了它，我们都舍不得。

我爸说："大哥，别杀鸡了。我那也是偏方，不见得好用。"我妈说："是呀，再说昨天咱才吃完鸡肉，好日子也不能一天过了呀。"

老孟大爷说："你们不用说了，这鸡是肯定不能留了，再留着它邻居们都得骂我了。"

眼见劝不了老孟大爷，我妈只得去找剪头推子。这推子是我家几乎唯一一件高档用具——家里男孩多，买推子比花钱剪头合适。我妈兼有绣花和瓦工两种手艺在身，理发当然是小菜一碟。我们哥几个的头不算，我妈还给左邻右舍有需要的孩子剪，手艺不亚于理发馆。

大姐见老孟大爷都主张让她剃头，知道事情已无法逆转，便自己搬来小板凳往上一坐，说："妈，剪吧，没事儿。"

俗话说三岁看老，就大姐那审时度势、敢作敢当的劲儿，长大了不在股市里有所作为都对不起她这天赋。这是后话。

到真开剪的时候可就控制不住吧嗒吧嗒地掉眼泪，等老孟大爷把半碗热腾腾的鸡血往她光头上抹的时候，她更是控制不住哇哇地哭，整得眼泪和鸡血一起往下流。把老五吓得也一个劲儿哭。没个不哭，那形象——血葫芦似的光头，满脸的眼泪加鸡血……我都差点儿吓哭喽。

大哥二哥在旁边使劲地哄，大哥说："没事没事，多挺一会儿，让鸡血渗进去。"二哥说："二哥查资料了，鸡血还真有点儿用呢。从明天开始，二哥再每天给你拿姜擦头皮，保准让你长出一脑袋好头发。"大哥说："这事让我来，你手重。"

大姐就这么顶着个血糊糊的脑袋一整天没出门，晚上睡觉时大哥拿条毛巾给她系了个陕北农民系羊肚子手巾的样式，怕她把头上的鸡血弄掉了。大姐哭也哭够了，睡得比谁都香。我妈可是很晚都没睡，一边绣花一边不时看着大姐抹眼泪。

二哥的医学院看来没白念，他系统地分析了大姐的病情，认为其实吃墙土、头发少、个子小都是同一个病因，那就是缺锌，得抓紧补。他说过去那个盲人师傅让多吃海物是对的，是有科学根据的。大姐改了吃土的毛病不是因为吃了那碟炒墙土，而是因为偏食的习惯有所纠正。对二哥的这一说法，除了大哥，全家都将信将疑。妈问锌是啥玩意儿，是咱们冶炼厂生产的锌锭吗？二哥说是的，但可不能拿锌块子来补，从今往后，依子得多吃蚶子蚬子这些带壳的，特别是海蛎子，那玩意儿最补锌。

从第二天起，大哥二哥每天按时用生姜给大姐擦头皮，一直擦到开学。

大哥对大姐的头发最上心，每天骑着爸的那台二八自行车，驮着我和三哥去五公里外的龙背岛扒蚶子、打海蛎子。

大哥最带才，跟他出门我们得到的照顾最周到，我妈也最放心。二八自行车一前一后带两个小孩倒不成问题，但去龙背岛的路全是坑坑洼洼和石头尖，侧坐在金属大梁上很受罪。我小，坐在前面大梁上的当然是我，大哥心细，怕路途遥远颠簸硌坏我的瘦屁股，拿一块布片裹着海绵把大梁缠得暄乎乎的，坐着很舒服。

那时海真富，麻蚶子很容易就能扒一小筐，海蛎子更是满礁石碇子都是，个个鸡蛋大。那时还不知道啥叫吃生蚝，就知道现场用蛎子钩打开蛎子壳，连汁带肉吸到嘴里……那滋味，用一个鲜字肯定是无法完整表达的。我们的午饭就是这活蛎子配大饼子，大哥从来都把个头最大的蛎子让给我们吃。那时花盖子和赤甲红螃蟹也不像现在这样需动用高智慧的螃蟹笼子方能在深水中捕到，随手翻开一块翻得动的石头，那下面保准会有一只螃蟹张牙舞爪地竖起双钳。每次赶海，我们顺手牵羊也能抓回一些解馋。

大哥的身材最像爸，高大魁梧。性格也跟身材一样，稳重宽厚。他的头发有些自来卷，耷拉到额角的那一缕不管咋往上摩挲都像个油黑的小钩似的往前翘翘着，帅极了。小孩爱模仿偶像——大哥当然是我的偶像——我常用手指捋自己额前那几根焦黄的头发，希望它们也能像大哥那样小钩子似的翘起来。可它们不争气，一根根挓挲着不肯粘在一起弯曲成钩。那天大哥在我对面弯腰打蛎子，那一缕小弯钩近在眼前。我忍不住伸手摆弄，想研究一下它们究竟是咋粘到一起的。大哥看出我的心思，呵呵笑着抠了一块黏糊糊的蛎子肉，把我额头的那一缕头发用蛎子肉搓到一起并弯成钩状……哈，那天一直到晚上睡觉我都不肯让别人动我的头发。

这年夏天我们哥几个赶海的收获颇丰，每天饭桌上都有蚶子蛎子。大姐本来就不爱吃这些，天天这么吃，连我们这些馋猫都吃顶住了，何况她。后来我妈就把赶回来的蚶子蛎子晒成干儿，留着以后慢慢吃，特别是冬天炖萝卜丝吃。

开学时大姐的头发还没长到一寸，天天戴着个我妈给做的花帽子上学。斗转星移，最后不知道是鸡血生姜发挥了作用还是蚶子海蛎子补充了锌，反正我们全家兄弟姊妹七个，大姐的头发比谁的都好。好得让我这头发稀疏的弟弟羡慕嫉妒……那可不是一般的好，浓密乌黑不说，根根都钢丝一般坚韧强劲！20世纪80年代女孩流行过一阵子板寸短发，大姐那短发，用手一扒拉，头发丝都恨不得弦鸣般锵锵作响！也有烦恼——每次去剪发都得打薄，都害得理发师说姐呀，你这头发可费剪子呀，得多收你磨损费。后来年龄大了头发白了，去焗油，一份焗油膏染不透，还真就得用两份。我稍大之后跟我妈发过牢骚——"妈你偏心眼，咋不给我也抹鸡血呀。看我这头发长的，就这么几根！"

女大十八变，后来大姐的个子和模样也发生了惊人的变化，到下乡时已出落成绝对的大美女。姐夫肖长春看大姐小时候的照片时惊得嘴都咧到后脑勺，说这，这，难道这假小子真是我媳妇吗？

每到假期大哥都想尽办法找地方打零工，县城的炼油厂和镇上的冶炼厂、阀门厂他都去干过活。挣到的钱他一分不少交给我妈。不过都是不连续的短期小活，没挣到多少钱。那时候当地人还延续新中国成立前的叫法，跟计件付酬的小工叫卯子工。这些年卯子工的活很难找，主要原因是县城内的小工厂小作坊在完成社会主义改造后相继组建了成规模的工商企业，固定的正式员工已基本能够满足企业的日常用工需求。

每当找到了活儿，二哥都急了眼地要跟大哥一起去。大哥坚决不带他，说，不行，你太瘦，抡洋镐会把腰抻坏喽。二哥如果再坚持，大哥就会说，那好吧，从今儿起你加强锻炼，啥时能把咱院子里这副哑铃平掰十个，啥时我就带你去。结果是二哥咋练也达不到这个指标，大哥也就从没带过他。

那时的大学生可不像一年后那样被作践得人不人鬼不鬼。在我们这个镇子，大哥二哥那可是十足的天之骄子。我们家也因这两个优秀的儿子而名声在外，我们这几个小的更是以两个哥哥为荣。那时候谁家要是出了个大学生，家里恨不得搭个板儿给供起来，哪还舍得让他出去干挖沟抬土的卯子工啊。没人想到老雷家的老大会去干那些最累最脏的活儿以补贴家用。

我妈一百个舍不得让他去，可拦不住。并且如果找不到活，他在家也不闲着，家务活干得比大姑娘都心细。

大哥从小就干净整洁，那干净劲仅次于二哥。跟二哥不同的是，二哥是要求、指导并监督我们如何干净，大哥是亲自动手把我们收拾干净。只要大哥一回家，洗衣服的活他基本上不让别人动手。我们觉得衣服才刚洗没几天，还很干净呢，早晨起来发现他又给洗了晾在院子里。连我妈都说，看你，他们的衣服没穿坏也让你给洗坏了。那时洗衣服都是大铁盆加肥皂、碱水、搓衣板，很伤衣服，我们这几个小孩的衣服又都是他们当哥的传下来的，布丝均已接近老化断裂的极限，老这么洗，真的会缩短使用寿命。

剪头也是如此。不管我们的头发长不长，假期之中大哥必给我们剪一到两次，剪完了还亲自给我们洗干净，连耳朵眼里的头发茬子都给掏干净喽。他那双大手给我挠头皮的感觉真是十分温馨，我甚至想，爸要是哪一天摩挲一下我的头发是不是也是这种感觉。美中不足的是大哥剪头的手艺跟妈没法比，我这个从小就爱美的人士当然并不满意。但就因为是大哥剪的，我每次都能服服帖帖地配合，之后还会出去炫耀这并不太完美的发型——"看，这是我大哥给我剪的！"

我和大哥有整整二十岁的年龄差，加之大哥仁厚的性格和强烈的长子意识，让我对他有一种类似对父辈的依赖感和敬畏感。跟二哥我都敢梗梗脖子，跟大哥根本就不是敢不敢的问题，而是不可能。大哥从来都和颜悦色不厌其烦地回答我们所有的问题，还手把手地教我们他认为必须要掌握的生活技能，像生炉子、脱煤坯、糊窗缝啥的，从没呵斥过我们。我们不听话闹人时他也都谦让着、哄着，我们当然也就没理由跟他梗梗脖子。

对了，大哥生炉子的水平没准儿是前无古人——他可以用一小把干草或刨花加上四根劈柴棍就能引着炉子，并且不用扇不用吹，还一点也不冒烟。说实话，单就生炉子而言，我爸的水平都没法跟大哥比，爸生炉子冒烟。有一次我爸生炉子整得满屋子都是烟，别人都呛得受不了躲出去了，就我坚持在旁边帮着扇风。我妈说："小忠子你咋不出来呀，看你爸整得乌烟瘴气的。"我当时说了句名言："我爸生炉子冒烟也不呛人。"我妈说："嘿，看不出来这小子还会溜须拍马呢！"说得连我爸都在一旁吭地笑了一声。这大概是我一生中说过的唯一一句不靠谱的打溜须的话。没办法呀，谁让我在爸面前没做过一件露脸的事儿呢。我这也不过是想在爸面前表示一下忠诚和坚守嘛。

大哥说他生炉子的本事上小学时就练出来了。那年代除了低年级是老师给生炉子，三年级以上都是谁值周谁负责带劈柴生炉子。大哥是大班长，得照顾全班，即使他不值周，也帮其他同学生炉子，时间久了便摸索出一套生炉子的秘诀。

那时班级的炉子都是大号的站炉子，生火的难度虽不大，但费柴火。同学用书包带来的那点劈柴往往很难把火生着，并且带来的劈柴材质不一、规格不一，五花八门的，不利于统一生火程序。大哥便组织同学搂草刨苤子，规规矩矩地垛在教室门前。全学校就他们班有成规模的草垛和苤子垛。打那以后值周生就不必再往学校背劈柴了。生炉子的程序也被大哥给固定下来——一层干草加一层苞米苤子，最上面铺煤块。不过即便这样，也还是大哥生的炉子着得旺、不冒烟。秘诀嘛，就一个字："虚。"大哥把这一秘诀传授给我的时候说："老辈人讲话儿，人要实惠火要虚。说的是做人要实实在在才能赢得信赖；生火则要尽量让炉子里面的东西蓬松有间隙，这样才能让劈柴和煤吸收到足够的氧气，有利于它们燃烧。"

不过这秘诀说起来简单，真要落实到位可就不那么容易啦。你必须以足够的责任心和专注度做好每一步，方能达到大哥那效果。比如，大哥从来都把干草团成若干个蓬松的小球，然后把苞米苤子上的土块磕打干净，再一劈两半，掰开，支成人字形放到草上……很多个人字形苤子托起煤块，形成绝佳的燃烧空间。这可不是所有的孩子都有耐性做的。

我从此得到大哥的真传，并继往开来青出于蓝。到我和妻子顾冬梅结婚后，生炉子没用她伸过一次手。这件事是我们三十年婚姻生活中唯一一件我可以拿得出手、摆得上台面、让我腰杆子硬实的讲究事儿。有次我出差,给她劈好了一大花篓整整齐齐的劈柴,可她就是生不着炉子,最后还是老丈母娘每天帮她搞定。那时单位的旧报纸有的是,我仅用一张四版的报纸加上四根一拃长的小木条就能把炉子生着。把顾大小姐佩服得那是五体投地。这也就是为啥我仅夸大哥生炉子的水平是前无古人,并没说他是后无来者的原因。后有来者呢。

我最佩服大哥的是,别人生炉子都难免把身上弄脏,比如三哥,从来都是满手满脸满大襟的煤灰加烟灰,大哥可从来都是一尘不染。

不光生炉子,就是出去打卯子工,也没见过他把衣服弄得埋埋汰汰。这可就很不可思议了——卯子工干的都是特脏的活儿,不可能不弄脏衣服哇。

一直到那天晚上之后,我才知道大哥是怎样做到不弄脏衣服的。

那是暑假末期,炼油厂抢修管道,找挖沟的卯子工,大哥去了,穿着我爸的旧工作服。每次去干活,他都穿我爸的工作服。每次他都是早出晚归,晚上他回来时我们早就睡了,所以准确地说,我们一次也没见过他收工回来时的模样。都是第二天早晨看他已经把工作服洗得干干净净在院子里晾着。

那天晚上我起来撒尿,见大哥正光着膀子在院子里擦身子,外面黑,我睡眼蒙眬,也没注意他身上有多脏。当时大哥背对着我,还跟我逗乐子来着。我妈在外屋地给大哥热饭,我回屋里躺下不久,我妈念叨了一句:"这孩子,咋还没洗完哪?"不一会儿,就听我妈在院子里说:"哎呀妈呀,我说立家子呀,你这是咋整的呀!"之后我妈回屋里找东西,我爸问她找啥,我妈说:"找汽油和抹布。唉,立家这浑身上下整得全是油。这可咋办哪!"

这之后我爸也出去了。我很想出去看看,可太困,不久就睡着了。

那天晚上爸妈帮大哥洗了多久我不知道，可煤堆上那套像是被黑色油膏浸过的工作服和胶鞋说明了一切——但凡能洗得出来，我爸说啥也舍不得放弃这身衣服和鞋。

我醒来时二哥和三哥正在煤棚子旁盯着那堆油污的衣服和鞋看，眼圈都红着。我就是从那之后才知道原来原油并不是想象中的油，它是冬季会凝固的黑色膏状黏稠体。

那天的情形是：炼油厂的原油输送管道爆裂，大哥他们负责挖开并清理满是原油的管道沟……回家时他怕弄脏自行车，把车子寄存在了旁边老乡家。

我们这几个做弟弟的也就明白了大哥为啥打卯子工时要刻意晚归。他是要在我们都睡下时悄悄洗干净，他不想让弟弟们知道那工作原来那样辛苦肮脏。

连爸妈都没见过他的脏衣服。他们只知道他晚归辛苦，我妈都是把饭给他在锅里温着，他一个大小伙子，背着妈洗澡也在情理之中。

大哥早起来了，剪了光头。肯定是头发没法洗了，我妈连夜给剪的。望着没了满头秀发和小弯钩的大哥，我那个心疼啊，眼泪簌簌地流下来。大概是不适应大哥的光头，旁边的老五也跟着哭。

大哥呵呵乐地哄我们俩："大哥这也没抹鸡血呀，你们有啥可害怕的。"

二哥说："大哥，以后要是有活儿你不带我去，我可就留在沈阳找活儿干啦。"

大哥说："好吧好吧。不过估计以后也不太好找活儿干了。"

那套工作服被我妈剪成很多块，用来生炉子引火，用了很长时间。

还别说，不久宋金斗大叔又帮着找了份活儿——渔场加工海螺肉，需要小工把海螺肉从壳里挑出来，按斤付工钱。这活儿不需要体力，但需要耐性，我爸没让二哥去，怕他坐不住。让大哥带三哥去了，吃住都在龙背岛渔场的宿舍里。

那几天二哥在家照看我和老五，表现得还算带劲。他用黄泥团了大量玻璃球大小的泥球，放墙头上晾晒。我问这玩意儿干啥用，他一如往常地故弄玄虚，不告诉我。等泥球都晒干了，他揣起两把，然后拿出给三哥做的那把弹弓子，说："走，带着小德子，跟二哥去打雀解馋！"我才知道他是在给弹弓子准备子弹。

虽然故弄玄虚挺烦人，但二哥干啥像啥的劲儿我可是佩服极了。就说这泥球，普通小孩玩弹弓子，都是随便捡石块当子弹，可形状不规则的石块很难保证命中率。条件好的孩子便用玻璃球，但这是浪荡公子的玩法——显然，用得起玻璃球的，没一个能上山去追鸟。二哥这泥球可是一分钱都不用花的好子弹，但这子弹的制作也有门道有讲究——我学着二哥的样子拿黄泥团了很多，放到墙头上晒，可晒干后都裂了。我只得向二哥请教，二哥坏笑着说："小样，你觉得啥事都那么简单哪。听着，这黄泥太黏，晒干没个不裂，必须得掺些沙土才行。懂了吧。"第二次我掺了不少沙土，倒是不裂了，但命中率甚不理想。只得再次请教。二哥倒是不厌其烦，掂了掂泥球说："哈，你的沙土兑多了。泥球太轻，射出去发飘，肯定就不准啦。"没说的，我只有五体投地的份儿。

出门前我妈千叮咛万嘱咐：除了家贼子，千万不许打别的鸟。再有就是离住家远点儿，别伤到人。二哥一一答应。

那时候麻雀虽刚刚从"四害"黑名单中解除，但因其偷吃粮食的恶名，基本上还处在人人喊打的生存状态，"家贼子"这名字就是写照。并且那年代并无专门的法律保护它，所以打家贼子是得到家长普遍认可的捕猎行为。

二哥虽泥球团得好，弹弓子亦制作得精良，但发射技艺可就没法跟三哥比啦。我们哥仨在河边柳树趟子里围追堵截一只落单的家贼子有多半天，泥球倒是消耗殆尽，柳树叶子也击落不少，那家贼子却依然毫发无损地和我们藏猫猫。老五大概坚信二哥能有所斩获，故一直不哭不闹地跟着我们转。我却看出二哥并不精于此道，白搭工夫是注定的了，言语之中便有所怠慢。二哥倒很大度，没在意。待人困马乏弹尽粮绝，才摸摸我和老五的脑袋，自我解嘲地说："回家吧，看来这家贼子比我精，咱哥儿几个斗不过它。"

后来三哥道出了我们出师不利的缘由。原来，夏季的柳树趟子枝繁叶茂，不是玩弹弓子的场所——再厉害的高手也不能隔着树叶瞄准哪。要想打家贼子，那得去生产队的猪圈哪、柴火垛呀、假期的学校哇这样相对开阔、视线好，又利于弹弓手隐蔽接近的地方。"并且"——三哥的这个并且令二哥老没面子啦——"并且柳树趟子并不是家贼子的常规活动区域，那只家贼子肯于利用半天时间在柳树趟子里陪你们玩，这绝对是个特例。估计那是一只走散了的未成年小家贼子，看出你们没威胁才跟你们藏猫猫呢。"

嘻嘻，没威胁……三哥说得真有水平，不愧是三道杠。

这天晚上冶炼厂的篮球场又要放电影了。大哥三哥不在家，大姐早早就跟那帮疯丫头先走了，我只能缠着二哥带我去。二哥说："带你去可以，你可得听话，不许乱跑。还有，在家先把屁屁尿挤干净，到那儿可没地方撒尿。"我一口答应，并在临出门前把尿撒干净。我妈嘱咐二哥："带点儿才，不许逗他哭！"二哥也一口答应。去的路上还一直叮嘱我："看电影的人多，别乱跑，不然得让人踩到脚底下。你要是不听话，以后可就再也不带你来了。"我牢记。

可就是这次看电影，成就了二哥的另一次恶行。

那天晚上的电影是罗马尼亚的黑白片，叫《多瑙河之波》。我们到得晚，远远地看见电影已经开演了。那天看电影的人很多，篮球场上黑压压站满了人，连银幕后面都有不少人。

好位置自然是没有了，我们只能站在最后面。还好二哥够带才，把我放脖子上看。他个子高，我在上面看得很舒坦。不过时间长了我可就又有尿了……咋整，也不敢说呀。来之前人家说得明明白白让把屁屁尿挤干净，我也做了承诺的呀。本来能憋得住，怪就怪那电影从头到尾演的都是水，哗啦哗啦的，多瑙河嘛。还有个大水雷不时漂到船边晃……我说："二哥，你挺乏的，放我下来歇一会儿吧。"二哥说："没事没事，放你下来你不就只能看人家的屁股啦。"我心说你要是再不放我下来你脖子上可就该发河啦，后来灵机一动说："二哥，其实老在上面坐着也挺乏的。"二哥这才把我放下来。我已经憋得火烧火燎，可实在不敢跟二哥说，怕他以后再也不带我出来玩，想往人群外面溜的时候实在控制不住了，热乎乎地顺着裤子可就尿了。我那时十分镇定，面不改色一动没动，心说可千万不能让二哥看出来。这泡尿还不小，所幸塑料凉鞋不怕水，排水性能还极佳，不然鞋弄湿了就更惨了。

二哥毫无觉察，说："歇一会儿就上来继续看吧，不然都该散了。"我哪敢再上去，瞎编说："不看了，上去坐着晕。"二哥说："嘿，没听说坐在别人脖子上还晕的。"

"二哥，你看你的，别管我。"我接着说。天黑，谁也没看出来地上那一大泡尿。

这悲惨的境遇让我只没头没尾地看了那部电影的一部分，只记住了电影的名字和那个满身长角的水雷。

说实话，如果没有这段不光彩的插曲，那天的看电影行动还是挺完美的。在那文化生活和物质生活同样贫乏的年代，只要能挤进露天电影的人群就已经是件很享受很让人满足的事了。看的是啥不重要，能不能看全也不重要，看没看懂更不重要，重要的是参与了这次节庆般、仪式般的文化活动，重要的是享受了这次难得的免费福利。

散场回家的路上人头攒动，热热闹闹叽叽喳喳，像午夜的狂欢巡游。可今晚的我却没兴致，心里面净想着裤子咋不快点儿干，到家前千万得干喽。那时速干布料还没诞生，裤子都是厚棉布，还带着补丁……结果是，一进家门我妈就从我躲躲闪闪的目光中看出了问题，一摸裤子，也没打我也没骂我，径直就去拧二哥的胳膊。

莫名其妙的二哥一边躲一边说："妈，今天我可是最带才啦，掐我干啥？"

我妈说："掐你还冤枉你啦。说，小忠子尿裤子是咋回事！"

二哥说："尿裤子？我哪知道哇，这孩子，他也没说，他要是说有尿，我不得带他去厕所呀。"

我妈说："小忠子，你自己说说，为啥有尿了不去厕所尿？"

我说："妈，我没敢说，怕二哥以后不带我出来玩。我寻思能憋得住来着，哇——"开哭。

"我就知道肯定是你吓唬他来着。忠子睡觉都没尿过炕，看电影还能尿了裤子！"妈说。

我大哭，委屈的眼泪如黄河决口。没说的，我妈最公道。

二哥无话可说，满脸通红。

坐在炕头的我爸说话了——"立人，你坐下，我跟你说几句话。"他的脸色很阴沉。

二哥吓得规规矩矩地坐在地当间的板凳上。自打他和大哥上了大学，我爸还没这么严厉地跟他说过话。

"我问你，这要是你大哥带你出去，能让你尿到裤子里吗？"我爸问。

二哥不敢再做一句辩解，这是明智的。看他可怜巴巴的样子，我心里很不安，犹豫着是否该替他说说情。

"立国比你小多了，你看他啥时带小依子和小忠子出去时讲这条件那条件啦？小忠子跟立国出去从来都玩得乐乐呵呵的，从没听说还尿了裤子。你刚才说得对，小忠子还是个孩子，而你呢，都已经是个大学生了，过几年就该是个救死扶伤的大夫了。照顾好弟弟妹妹是你这个当哥的责任，要是连这一点都做不到，我不信你能成一个好大夫。这一点都做不到，你就是念清华北大都没用。"

我爸的话说得很重，说得二哥低着头，脸通红。不管在外面有多厉害，在爸面前他自然不敢说一句反驳的话，就算他不理亏。

我实在不忍心，壮着胆子说："爸，其实都怨我，临走时我二哥说了把屎屁尿都挤干净来着，我也不知道咋又有尿啦。"

我爸向我妈示意了一下，我妈赶紧把我拽到里屋。

"要是屎屁尿都能像大人一样控制好，那还叫小孩吗？立人，你不要以为我是小题大做，小事做不好大事更别提。小时候你带立国出去玩，把还不会走路的立国一个人扔操场上，你跟别人去海边玩，有这事吧。这样的事除了你，他们哥儿几个谁也做不出来！这可不是小事，说明你从小就缺少责任心。你那时小，我没说过你。现在你是大人了，我要是再不说可就来不及了。好了，你自个好好想想吧。我还是那句话，连自己兄弟都照顾不好的人，指望不上他能照顾好别人。当然了，他也就别指望自个儿有难处的时候别人能伸手。"

我爸的话我在里屋听得清清楚楚。我毕竟还小，不能全部听懂他的话。我爸说的二哥把三哥一个人扔操场上那件事后来我听妈讲过。那时我家还住在龙背岛上，当时我妈去合作社旁边的土操场找他俩回家吃饭，见满操场就三哥一个人坐在土堆上哭，那天风大，三哥已经哭得满脸泥猴似的。我妈气得到海边找到二哥，追着打。按恶劣程度，这该算是二哥的第一号恶行。二嫂进门时三哥跟她控诉过。三哥是在我这个年纪时听二哥自己负疚地回顾这件往事的，当时三哥还说了句名言——"等我以后再小了，说啥也不让你带了！谁让你不带才！"

我爸说完了，就听二哥说："爸，是我错了。我真得好好反省。

你的话我都记住了，以后我会好好照顾忠子他们。"

我妈和我待在里屋。平时我们犯小毛病，都是我妈絮絮叨叨地数落我们，我爸从来不吱声。真要是他发话了，那肯定是比较严重的错误了。每逢这个时候，我妈从来都不插一句嘴，更不会袒护我们。这是我家的规矩。

二哥进到里屋，眼圈红着。他上前摸了下我的脑袋，眼泪吧嗒吧嗒落下来。

"来，把裤子脱了，二哥给你洗。"他说。

我妈肯定也是看到二哥的样子于心不忍，小声说："你呀，你爸说的话你往心里去就行了，别上火。"

二哥说："妈，我能不上火吗？我长这么大，爸还没跟我发过这么大的火。如果不是必须，爸是不会这么严厉地批评我的。我爸说得对，我是得反省。我这人是有点儿太刻薄、太自我了，在哪儿都习惯用自己的标准要求别人。除了自己的爸妈，别人不会当面这么批评我。我爸说得很及时。"

二哥哭得更厉害。这是我们做兄弟几十年间第一次见他这样哭。我当时真是觉得爸有点儿小题大做了——连我这个当事人、受害者都没觉得二哥有啥大错。

几十年后，二哥在弥留之际问我："忠子，小时候我带你看电影时害得你尿裤子，你还记得吗？"我说："当然记得，那可是我小时候的著名段子，多好玩哪。"二哥说："忠子，你这么说二哥心里就踏实了。但那件事对我这个当哥的来说无论如何都不是件光彩的事。跟你说，那件事对我这后半生的影响都非常大。爸那次批评我你可能不记得了，如果没有爸的那次批评，二哥也许出息不成后来的模样。二哥是一个很自负的人，你还应该知道二哥是一个争强好斗、办事斤是斤两是两的人，真庆幸发生了那件事，不然爸也许一辈子都不会说我……还好，我最终没有成为一个自私的人。我是个心思重的人，开学后我利用几乎半个学期的时间反思我的哪些言行违背了咱们家一贯的道德标准，让我重新掂量今后该如何处理和同事朋友的关系。"

这之后二哥连着好几天都耷拉着脑袋。

为回味当年坐在二哥肩头看电影的感觉，也为了弥补当年的缺憾，写这本书时我重新看了一遍那部几十年前因故没有看全的电影。顾冬梅也跟着看，并聚精会神地看到完。这很出乎我的意料——她平时不喜欢看战争片，尤其是这种老掉牙的。问她为啥，她说里面的男二号特像她的偶像、男神，当今国际网坛一号种子德约科维奇。

这真是一部好电影。在这数字技术让人们感官快感的阈值越来越高、视神经越来越麻木迟钝的年代，回头再看这部几乎没有特效的二战片，感觉很多同题材的所谓大片连向这部片子致敬的资格都没有。"德约科维奇"和男一号分别为了信仰和责任挺身赴险，其中一个还献出了生命……遗憾的是以我一个四岁半孩子的智力，当时还无法鉴赏，以致在遥远、模糊的记忆中并没有给予这部电影以足够的尊重。

第五章

升初中考试成绩发榜了。大哥带三哥去看榜。习惯从第一名开始找三哥名字的大哥没有在录取名单上找到雷立国这仨字。

1965年全县小学升初中考试的作文题是：《我愉快地参加升学考试》。这连学习最不好的学生都可以答上几分的题目三哥却答了零分！

那作文题目的下面另起一行写着一句说明：记叙文。就是这三个标明作文体裁的字改变了三哥的命运。

三哥本来写了一个挺不错的"我愉快地参加升学考试"的故事，当然是记叙文。后来一看离交卷时间还有半个小时，爸妈说过不许提前交卷，便仔细推敲起那个作文题，竟鬼使神差地觉得应该是写两个作文——一个是《我愉快地参加升学考试》，另一个是别的记叙文。于是便在尚充裕的时间里写了另一个不相干的记叙文。跟监考老师要稿纸时老师还提醒过他不要超字数来着。

班主任刘老师把三哥落榜的原因告诉他时，三哥还不相信，还跟刘老师争辩自己没有错。

二哥认为起码不应该给三哥的作文打零分，要去找教育局的领导理论，大哥阻止。大哥觉得，一来刘老师特喜欢三哥，他已经为三哥找过分数，未果。刘老师做不到，家属更做不到。二来，就算三哥的成绩再提高十分二十分，离录取线还是差很多。

那天，三哥一天都在哭。我妈也一边劝一边哭，大家不在跟前时她哭得更厉害。看到妈这样，我记起了前些天那个雨夜我爸跟她的那段对话。

三哥两只手的手指头正搽着紫药水，一擦眼泪弄得满脸青一块紫一块的，妈拿湿棉花桃子给他擦干净。

三哥这手是挑海螺肉弄的。三天里，大哥和三哥挣了两块五毛钱，这两块五毛钱是这么挣的——把煮熟了的海螺肉用竹签从壳里挑出来，每挑二斤海螺肉的工资是一分钱，二十斤一毛钱，二百斤一块钱，哥俩三天整整挑了五百斤海螺肉！他们的手指尖因长时间浸泡和用力摩擦而破皮感染。我妈让大哥和三哥自己支配这两块五毛钱，大哥一分也没留，五毛钱交给我妈留着买菜，两块钱给三哥，让他交初中第一个学期的学杂费。

这二十张一角钱纸币被三哥理得整整齐齐，用大姐扎头发的皮套捆着，和他那个已不再佩戴的三道杠一起，压在里屋大柜上面的那个存放粮票布票的小铁盒下面。大哥把这两块钱交给三哥时，三哥还举着那钱跟我炫耀——我终于可以自己挣学费啦！

我不知咋安慰三哥，拿出一粒铁盒糖豆往他嘴里塞，三哥闭着嘴，不吃。我没办法，找出那个白钢弹弓子说："三哥，你带我去打家贼子呗。"三哥摇了摇头，把我搂在肚子上，哭。我也跟着哭。

刘老师来了，说县里有一个私立初中，他可以帮助联系，学费争取减半。他说雷立国这孩子要是就这么不念了真是太可惜。我妈说等他爸晚上下班回来我们再商量吧。

那天，在我爸下班之前，家里的气氛异常凝重。大哥二哥在里屋关上门商量着什么。我妈一边做饭一边抹眼泪。大姐没出去玩，

059

一边写作业一边不时瞄三哥一眼。老五肯定是看出家里发生了不寻常的事，一直不哭不闹。

晚饭后我妈让我们这些孩子全去里屋，显然，她要跟爸商量三哥的事。我爸说让立家立人留在这屋吧，他们都是大人了，让他们也说说。

里屋的门很不严实，外屋说话听得清清楚楚。让我们进里屋，其实只是不让我们小孩参与讨论和决策，并没有取消我们听取的权利。

大哥先说话了，他说："爸，妈，我和立人商量好了，从这个学期开始，我们俩不用家里给钱了。助学金挺高的，吃饭够用了。"

爸妈都没说话。大哥接着说："爸，让立国去念私立学校吧。先借点儿钱，等再过两年我上班了就可以还了。"

二哥说："是呀，过两年我实习了也能发补助了。以后大哥打卯子工我也跟着去。立国学习比我们都好，不念书太可惜了。"

旁边三哥一个劲抹眼泪。大姐给他擦。

就听我妈说："他爸，我知道你难。可立国子不能不念书哇。咱家的孩子要是都不念书咱家也不会这么穷，立家立人要是不上大学现在不早就挣钱了嘛。你憋着一口气不就是想让孩子们有文化有出息嘛。咱家这么穷为啥没人瞧不起咱们，不也是因为咱们的孩子争气，以后咱们家有希望嘛。他爸，一个孩子一份希望，六个孩子就是六份希望啊，咱可别断了立国子的希望，断了他的前程啊。"

我妈抽泣。里屋三哥和大姐也在抽泣。

"他爸，立家立人的伙食费不能减。我下半年再多揽点儿绣花的活就行了。"

听得到我爸喝茶水和盖茶缸盖子的声音。我心里祈祷：爸呀，你可得同意大家的意见，让三哥继续上学呀。

我爸说话了："好吧，今儿立家立人也都在，我就把咱家的家底跟你们交代一下。说家底不准确,因为咱家一分钱家底也没有,没有饥荒我就很满足了。我是想跟你们算一下账,看看咱家到底是个什么经济状况。然后你们再帮我对立国子这件事拿个主张。"

我爸停了停。两个屋子都鸦雀无声。三哥和大姐停止了抽泣。

"爸在渔场的时候差不多一年能挣四百多块钱,一个月能有四十块钱吧,进冶炼厂后每个月固定四十五块钱工资。你妈现在工程队没有活,每个月绣花最多能挣二十块钱。立家每个假期打卯子工都能挣十块二十块,也可以算进咱家全年的收入。这就是咱家的全部收入,每个月加起来也就六十多块钱。咱家每个月固定要给你爷和你姥爷每家邮去十块钱,给你们俩上学每人五块钱左右,这两项加起来就是三十块钱。还剩三十多块钱都得干啥呢,我给你们念叨一下。买粮买菜得占去一多半,咱家吃的啥你们都知道,谁家也没买大酱一买就是两大水桶……其他的,买煤买劈柴、水费、电费、立国子和小依子的学杂费、老孟大爷的房租,还有全家穿的。咱家都穿的啥你们也知道,小依子长这么大都没穿过裙子。"

我爸停下来喝茶水,听得见茶缸盖子轻轻盖上的声音。

"也就是说,咱家已经很难全部供你们上学。你妈不能再绣花了,她的眼睛要是累坏了,咱们全家可就吃不上饭穿不上衣服啦。所以以后你妈的那份收入还得减去。两年后就算立家上班挣钱了,你的工资也就能抵上你妈的那份收入,到时小忠子也该上学了……咱家的经济状况不会有改善,只会越来越难。这还得说爸妈的身体都还挺好,如果有一个累坏了那可就不敢想象了。"

爸一口山东石岛口音。胶东半岛的人把"不敢想象"的"象"字说成"翔",爸用略带沙哑的嗓音说出"不敢想翔"时,我听出了一个男人最悲凉的伤感和无奈,我的心都要碎了。

"我没有忘了我的许诺。我跟你妈说过,只要孩子们能考上,咱头拱地也要供他们。还说过,你们考上啥学校就供你们念完啥校。立国子今年要是考上了,爸说啥也得兑现承诺。可是,你们知道私立学校多贵吗,就算收咱半费也念不起呀。那个学校是专门给学习不好的有钱人家孩子办的。按爸现在的能力,实在是供不起呀。"

这一刻,我仿佛一下子长大了二十岁!透过那扇穿不透的木门,我仿佛看到了我爸那古铜色方脸上全部的艰辛和痛楚。尤其是他用石岛口音把"许诺"说成"许挪"时,脸上肯定是我不忍心看到的深切自责。

外屋又有了妈的抽泣声。

"借钱的事谁也不许再提。哪家的日子也不容易,跟谁借呀。你爷从小就教育我,有多宽肩膀就担多大分量,借别人的钱过日子不是咱这样人家做的事。"

这之后我爸不再说话。

就听大哥说:"爸,咱家就数我身体壮,当初高考前我就要上班,你不同意,现在我可以退学,你要是实在不同意,我休学也行,上班挣点儿钱再复学也没事。"

"不许胡说!国家和咱家里供你这好几年就半途而废啦?休学也不行,那大学也不是咱家开的,你想出就出想进就进?再说你学历没到手去哪儿上班能要你呀。"我妈说。

"我去渔场当地工总够格吧。"大哥说。

"不许再说这话!给弟弟妹妹们当个好榜样!"我妈说。

这时三哥站了起来,他推开外屋的门。外屋的人——爸、妈、大哥、二哥都把目光集中到他瘦小的身上。

"爸,大哥不能退学呀。我不念了。让我去渔场上班吧。"三哥说。

三哥的这句话一出口,我的眼泪止不住地往下流。我爸把目光从三哥身上收回,移到茶缸子上。他脸上的皱纹原来竟这么深,脸色原来也可以这么苍白。

大姐也跑进外屋，说："爸，我不稀罕裙子，我也不爱吃海物不爱吃菜，从明儿起咱家就别买菜啦，省下钱让我三哥上学吧！"

我妈捂住嘴，眼泪吧嗒吧嗒往下落。

我觉得我这个已经长大了的人此时也应该做些啥，于是我便做了。我跑进外屋，冲我爸说："爸，让我三哥上学吧，我长大了不念书不行吗？呜——"

最后这一声不争气的哭声让全家都哭成一片，除了我爸。

这一夜，我有生以来第一次失眠。旁边一个被窝的三哥已经睡去，我却盯着房顶，说啥也睡不着。平时我睡觉不老实，被子都是被我翻身打滚地卷在身下，三哥从来都是不拉不扯地随着我。常常是我妈早晨醒来时发现三哥身上只搭了半边被子。

三哥睡梦中打了个寒战，我赶紧坐起来，把被子往他那边拽，并帮他掖好被角。这是我有生第一次关心别人。

外面鸡窝有动静，我妈披衣下地出去看。不一会儿，她回到屋里小声说："他爸，你快出来，看看这是不是小燕子从窝里掉下来了。"我爸赶紧下地出去看。一听燕子出事了，我也赶紧下地跟着出去。

妈呀，真是有一只燕子雏鸟掉下来了。燕子窝的正下方，在手电的照射下，一个蒜瓣大小的肉乎乎的雏鸟正落在我妈事先备好的絮了棉花的小筐里。可怜的它还没有长出羽毛和翅膀，半透明的粉红色身子上只有一些柳絮一样轻薄的绒毛。若没有我妈这个救命小筐接着，这只从燕窝里掉下来的雏鸟肯定凶多吉少。从小燕子出壳开始，我妈就在燕窝下面准备了这个小筐，并每天把里面沾了燕子屎屎的棉花换成新的。她说这是防备小燕子掉下来摔坏。我们几个孩子对这一防范措施很不以为然，觉得燕子掉下来的概率太低了。现在看来大人总是对的，这只小燕子应该感谢我妈救了它的命。

"来，忠子，你轻点儿把小燕子拿起来。爸手硬，怕伤了它。"我爸说。

我有点儿不敢。我妈鼓励我："没事，它眼睛还没睁开呢，还不会鹐人。你轻轻攥着，别使劲捏。你爸抱着你，你把它送回窝里。"

我壮着胆儿，试着抓了一下，太软了，没抓起来。我小心地用左手把它扒拉进右手手心。天哪，软乎乎热乎乎的一团很轻很轻的小肉，肯定还没长骨头呢，还一个劲儿心脏般地跳动。我轻轻攥住，生怕捏坏它，吓到它。我爸抱着我，站到板凳上，我妈在下面给我们打手电。窝里的大燕子在手电光的照射下不安地晃脑袋，窝里另外三只小燕子睡得正酣。我托起小燕子，轻轻放进异常狭小的窝里。

我妈说，通常，掉下来的这只小燕子，不是最强壮最活跃的老大，就是最弱小的老疙瘩。老大肯定是乱挤乱动一不小心自己掉下来的，老疙瘩则是被其他兄弟挤下来的。我体味着手心的那份柔弱感，本能地希望掉下来的这一只不要是老疙瘩。

我爸对我妈说，幸亏你听到鸡窝有动静出来看看，不然这只小燕子没准得被猫或耗子给祸害喽。

第二天我醒来时三哥已经不在身边，我一骨碌爬起来，使劲喊："三哥，三哥，我三哥呢？"

刚要哭时三哥跑进来了，说："快起来吧，三哥带你去龙背岛割草。"我说："三哥，你是不是要去渔场上班？"三哥说："不是，那事儿还没定呢。咱俩跟宋大勇去岛里割草。"我才放心地起来吃饭。

我妈眼圈红着，不作声地给我们准备干粮。

宋大勇是宋金斗大叔家的老大，和三哥同班同学，比三哥大一岁，也没考上初中。他老实厚道，不爱说话，人长得高大壮实红脸大汉的，才十七岁就跟外号宋大个子的宋金斗大叔个头差不多了。

他在县体校练过好几年摔跤和武术，后来训练时胳膊骨折，宋大婶说啥也不让他练了。同学当中他和三哥最好，平时几乎形影不离。我们家的饭碗他经常端，家里有啥活他也常来帮忙，我们全家都非常稀罕他。

我们仨骑一辆自行车去龙背岛。宋大勇骑车，三哥坐在后面，我坐大梁上。路上，宋大勇说："我爸说让我去渔场上班。太好了，我可以挣钱养活我妈和我弟弟他们了。你咋打算的？"

三哥说："我也想去渔场上班。"

宋大勇说："那哪行，你个儿小，抬大虾筐不得压坏喽。真是的，你咋还能没考上呢，咱同学都不相信。"

三哥说："有啥不信的，看来这就是命运。大勇，我就是当渔民也不想当地工。我想上船，上船挣得多。你忘了，我从小就不晕船。我想上船摆弄机器，当大车。对了，给你讲个小时候的事，你看我是不是命里注定得当渔民。"

那时自行车正接近龙背岛的"龙背"，三哥在石子路的颠簸中讲他的故事。

"挨饿那年，我爸我妈带我和我妹坐船去大连我爷那儿找活路，那是我第一次坐船。半路上遇到大风，船晃得连我爸都吐了，我妹竟吐出了两条蛔虫，把大家吓得够呛。就我一点儿也没晕船。一路上带的干粮他们一口也没动，我可开斋了，吃得津津有味，最后全让我给吃了。旁边一个大婶说，这孩子真了不起，长大了准是个当渔民的好材料。我妈当时听了很不高兴，一直没再搭理她。其实那个大婶肯定也没啥恶意，没准还羡慕渔民挣得多呢，她肯定不知道打鱼这活儿很危险。"

我知道三哥肯定已经下决心要当渔民了。不知为啥，也可能是听说三哥的好朋友宋大勇也要当渔民，我竟对当渔民开大船有些向往了。

"龙背"到了,就是眼前这条刚刚露出海面的通道。浓烈的、新鲜的海洋气息扑面而来。

龙背岛是个由这条大约一公里长的"龙背"与陆地相连的半岛。与一般半岛不同的是,这条"龙背"落潮时露出来,是一条高出海面一米左右,足有一个篮球场宽的平坦结实的通道。涨潮时它没入水下,龙背岛便成了四面环海的孤岛。

这个岛原来并不叫龙背岛,1949年新中国成立之前一直叫狐狸岛来着。原因很简单——岛上有大量的狐狸。那时人们迷信,传说阳气不壮的人不能到这岛子上来,会被狐仙迷惑,受惑深的会疯癫,直至跳海而死。所以虽然这里海产丰富,但敢到岛上来居住的人家并不多。日伪统治时期,日本人为了在岛上建观测站,放炮崩山,狐狸受到惊吓。进驻岛子的那一个班工兵竟还集体围猎狐狸,剥下的狐狸皮就地加工鞣制,据说是运到沈阳给当官的做大衣领子。那时陆地上的居民整天听到打狐狸的枪声和崩山的爆炸声。为免遭灭族,某个初一的正午,落干潮之际,狐狸首领率整个族群沿"龙背"迁出狐狸岛。据老辈目击者描述,当日狐狸那是携家带口透迤而行,场面那叫一个悲凉。数不清有多少只狐狸。狐狸迁出后不久,作孽的小日本得到报应——整个班的工兵被自己的炸药炸死。建观测站的事就此拖延,至日本人投降也没再启动此项工程。现在岛子尽头的那处断崖就是鬼子当初留下的作孽痕迹。新中国成立后,当地政府想给这个已经没了狐狸的岛子取个新名字,县里的文人就依据这条巨龙般时隐时现的通道给岛子取了一个响亮又贴切的名字——龙背岛。

龙背岛的面积大约三十平方公里,岛上植被茂密,淡水充足,是过境候鸟的歇息地。周边海域盛产毛虾、鱼类和贝类。据县志记载,清咸丰年间岛上就有袁姓闯关东者居住,以种地和赶小海为生。至民国初年,有山东移民相中了这里丰富的渔业资源和绝佳的天然海港，在这里开办了专事近海捕捞的网铺。到新中国成立前，这里有名的网铺达到四家，分别是聂、朱、杨、娄四姓。当时岛上住户近百户，全是以海为生的渔民。在这近百户渔民当中就有我家和宋金斗大叔家。新中国成立后政府组织这些网铺成立了渔业合作社，后来更名为龙背岛渔场。

正是落潮时分，我们推着自行车往龙背上走。这龙背由平坦结实的碎沙石构成，比一般的沙石路都坚固可靠，运送海货和物资的大卡车每天往返于岛子和大陆之间，从没出现过陷车一类的情况。政府曾出资在这龙背上铺设水泥路面，可自然的力量容不得人类的改变——水泥路面不久就被潮水掀走，留下的依然是永远坚固的沙石。这还不算，修路时被人工取直了的龙背没几年又在潮水的冲刷下恢复了蜿蜒灵动的原貌。迷信的人当然把这事传得神乎其神，龙王爷显灵啥的。大哥曾带他的大学老师来过这里，那老师说，这条自然形成的龙背是亿万年来潮汐运动造就的，这里简直就是潮汐搬运功能的活标本、活教材。他后来还带地理系的老师和学生来过。

不过这龙背虽然结实，却没法在上面骑自行车——路面每天有一多半的时间没在海面之下，上面的海苔光溜溜的，一不小心就会摔倒。所以自行车只能推着走。

我们踏上龙背。宋大勇推着自行车走在前面，三哥拉着我的手跟在后面。渔场遥遥在望，身边是浓烈得让人心醉的海腥和盐卤味……我哪会想到，三哥就将像宋大勇这样推着自行车，沿这条有一半时间没在海水里的龙背，往返走过三十五年的光阴。我们雷家两代人也将继续和这座海岛保持血肉般割不断的联系。

我这是第一次来岛里割草，以往都是来赶海。渔场虾棚后面的山坡平缓开阔，长满了蒿子、山草。这两种有粗梗的草最适合生炉子生大锅，可以充当劈柴。我看三哥和宋大勇只带了两把镰刀，没带绳子没带扁担的，心里纳闷——割的草用啥捆？用啥运下山哪？

宋大勇指着附近山坡上那一片倒伏的已经晒得半干的山草说："看到了吧，咱们就那样把割下来的草原地一行一行地摆在山坡上，两三天就晒干了。到时候用干草拧成要子把草捆成捆，顺山坡骨碌下去，我爸找大马车或者拖拉机把草拉回去。"原来是这样。

三哥说："以后我每年暑假都来割草，这样俺家生火就不用买柴火啦，买柴火的钱就省下了。"说完愣了神，老半天不吱声。

不上学哪来的暑假——三哥的心里依然还抱着上学的希望。

三哥的食指还包着布条，但挥舞镰刀割起草来却一点不比宋大勇差。我已经懂得啥叫帮忙不添乱，也懂得了这是让哥哥姐姐们乐意带我出来的一个前提。我拿着备好的罐头瓶子在旁边抓蚂蚱。龙背岛的蚂蚱没准是全世界最大最肥的，还傻乎乎的，好抓，不一会儿就抓了半瓶子。

有人哼哼唧唧地顺山坡走上来。是渔场赶大马车的刘老四的儿子刘玉福，也拎着镰刀。这小子是初中生，吊儿郎当欺软怕硬的主儿，不咋样。这时宋大勇正去旁边的水沟解手，刘玉福见这儿就我们哥俩，便成心想欺负欺负我们。他说："嘿，你这三道杠咋也来割草哇？"

三哥懒得搭理他，说："割草不分几道杠。"

那小子说："你不是挺牛的吗，我在小学时你还管过我呢。你咋还不如我呢，我好歹考上初中了呀。"

三哥继续割草，不搭理他。那小子没完没了，竟指着山坡说："咦？不对呀。这片山坡的草每年都是我割呀，你看旁边的那些草都是我割的。去，你去别的地方割去吧，这儿不许你割！"

三哥停了手，说："你说话别让风闪了舌头。这山跟你一个姓？你是山神还是土地？在哪儿割草还得你说了算？"

刘玉福说："小样你还不服怎的，想打架是吧。"上来就要薅三哥的脖领子！我赶紧喊："大勇哥，刘玉福要打我三哥啦！"

这一声喊管用极了，宋大勇还没出现，那姓刘的手就已经放下了。就见宋大勇呼哧呼哧跑过来，到跟前也不说话，抬手就冲刘玉福的胸脯子推了一把，把那小子推得一个屁股蹲儿坐在草地上，镰刀扔出老远。

"他不让咱们在这儿割草！"我说。

宋大勇说："这我还没听说过。咱继续割，他有能耐就让他拦着。"

刘玉福干吭哧几声没敢说话。三哥知道他也就这么点儿能耐，有意给他个台阶下，把他的镰刀捡起来扔过去，说："算了，你也去割草吧。"没想到这小子不识抬举，竟然站起来拍拍屁股说："好哇雷立国，你敢跟我叫号，你等着！"气得宋大勇又往他跟前走，边走边说："等着多麻烦，你有能耐现在就动手呗。"

刘玉福转身就跑，一边跑一边喊："雷立国，你有啥牛的，我听我爸说了，你大哥和你都不是一窝的！"

那一刻我的耳朵嗡的一声。三哥和宋大勇也都愣住了。

我虽小，但知道"不是一窝的"是啥意思。

山东人和部分东北人把同父异母或同母异父家庭的子女称为"不是一窝的"。

"别听他放驴屁。这小子是皮紧了闹的，哪天我给他松松他就不敢胡说八道了。"缓过神来的宋大勇说。

我相信宋大勇的话。大哥是我的亲哥，是我家最带才的哥，刘玉福当然是在放屁。

但我心里还是非常难受，不知为啥。

那天，三哥很早就建议收工。回来的路上宋大勇想法跟三哥说话，三哥一句话也不说。

刘玉福的那句话，让我和三哥提前知道了我们家庭中最大的秘密，也最终助推三哥下决心去当渔民。

晚饭后三哥跟二哥出去了，说是去给我抓萤火虫。我心里堵得慌，很想跟我妈说白天刘玉福的事儿。但三哥在岛上就对我千叮咛万嘱咐，不许跟家里人说这事。我得听三哥的。

不久，二哥在窗户外面喊我，让我出来看萤火虫。大哥正在给大姐检查暑假作业，大姐也要出去看，大哥说你这作业毛病不少，别出去了，等明天大哥给你抓。

没有萤火虫。

就在这个没有萤火虫，但有满天星斗的夜晚，二哥跟我讲了大哥的事。

"小忠子，你还太小，本来不该跟你说，怕你去问咱爸咱妈才跟你说的。刘玉福说得没错，咱大哥跟咱们的确不是一窝的。"二哥说。

我说啥也不信，觉得二哥在撒谎。三哥说："忠子呀，二哥说的是真的。"

我哭了，哭得很委屈，一边哭一边说："咋回事啊，大哥从今以后就不是咱亲哥了吗？呜——"

三哥一边给我抹眼泪一边说："别瞎说，大哥永远是咱的亲哥。他和咱都是咱爸的亲儿子，只不过他不是咱妈生的。"

我当时真的还太小，不能明白为啥大哥咋就突然间变成不是我妈生的了。

"那，大哥是谁生的呀？"我问。心里十分酸楚。

"这我也不知道。"二哥说。

"其实，我早就知道这事了。不过这事可不是咱爸咱妈告诉我的，是我自己算出来的。你们想想，咱妈属兔，今年三十八岁，应该是1927年出生。咱大哥是1941年生的，那一年咱妈才十四岁，不可能生大哥。"二哥接着说。三哥也开始流眼泪。

"我是上高中时想明白这件事的。当时我拿咱家的户口本填表，别的同学看了后问我,说雷立人,你妈十四岁就生你大哥了呀,真是早婚早育。我当时还和那个同学打了一架。我一直很想问咱妈来着,现在我懂了,咱爸咱妈是想让咱家的兄弟姐妹永远像一窝的似的和睦相处,所以他们永远也不想告诉咱们这件事。就算咱们长大了自己知道了,他们也不想亲口告诉咱们。懂了吧。所以你们俩记住喽,既然咱爸咱妈不想让咱们知道这件事,咱们就不许问他们。咱们得让咱爸咱妈还有大哥觉得咱们不知道这件事。咱们还得继续对大哥好,不对,是还得对大哥比以前更好。对了,大哥肯定早就知道这件事了。大哥心细,还从小就跟老叔一起玩,老叔常给他讲咱家过去的事,所以他不可能不知道。但大哥对咱们咋样你们都知道,咱家数大哥最带才了。"

说到这儿二哥也要哭了。

"咱们家这么多孩子,要说咱妈惯过谁,第一个是咱大哥,第二个是咱老叔。我记得小时候要是有好吃的,咱妈给大哥的那一份准比我多。我要是抱怨,咱妈就说,你哥饭量大,吃得比你多。现在想起来那是咱妈对前窝孩子的特殊关照哇。不过咱大哥可从来都是偷偷地把他的那一份给我。记得有一次别人从关里带来的小沙果,小孩脸蛋似的红扑扑的,酸甜口味,可好吃了。妈给我的那个也就乒乓球大小,大哥的那个也不过稍微大一点儿。我的那个两口就吃没了,一边吃还一边惦记着大哥的那个。大哥根本就没动口,看着我吃完后就把他的那个递给我。我接过来就要咬的时候,猛地反应过来大哥还没尝到滋味呢,便停了口,把沙果递给大哥,说大哥你也尝一口吧。听听吧,二哥从小就那么自私,也没舍得说让大哥全吃喽。大哥说我嫌酸,不吃。后来我硬往他嘴里塞,他才用牙尖咬了一点点,然后还用舌头舔了一下。就他舔的这一下,让我知道了同样是小孩的大哥其实是多么想吃那个沙果……不说了。一说到这儿我就又想起前几天我让小忠子尿裤子的那件事了,唉,我跟咱大哥比差远了。"

二哥终于控制不住，哭了。

三哥说："二哥，其实我跟咱大哥比也差远了。"

这是1965年的夏天，在暑假就要结束时那个没有萤火虫但有满天星斗的夜晚。二哥，三哥，还有我，哥仨站在院子外面哭。

第二天，三哥跟爸妈说："爸，妈，我已经决定去上船了。没事，我已经长大了。"

从这天开始，十六岁的三哥帮爸担起了家庭的重担。他挑海螺肉挣来的那两块钱开学时给大姐交了学杂费。那个白底红字的三道杠被我妈一直保存在那个装粮票布票的小铁盒里。

我爸的那台二八自行车给了三哥。三哥矮，车座放到最低也得使劲伸着脚尖才能够着脚蹬子。怕他硌屁股，大哥像给我包大梁那样把车座包得暄乎乎的。

我爸给三哥的第二件东西是那身油布雨衣。这身上衣裤子两件套的厚实雨衣其实是渔工的海上作业服，我爸离开龙背岛那年渔场新发的。把这套雨衣交给三哥时，爸对三哥做了唯一的一句嘱咐："记住，在船上干活切记不能穿水裈，穿这身油布衣服就够了。如果非得穿水裈，那就必须把水裈下面的靴子剪掉喽。"

这唯一的一句嘱咐后来救了三哥的命。

水裈是靴子、裤子、背带连体的胶皮作业服。听爸做这项嘱咐时，童稚的我哪里知道，三哥即将面对的是渤海湾凶险的海风和黑森森的海浪。这两样东西摧毁吞噬一条小机帆船就跟我们弄沉水盆里的小火柴盒一样容易。

我爸本想送三哥去龙背岛来着，三哥没让。说以后跟宋大勇一起走，有伴，不用惦记。

我妈那些天很少说话，眼圈一直红着。她就这样红着眼圈给三哥准备东西——黄胶鞋、胶靴、帆布手套、换洗的粗布衣服、脸盆牙具、虱子药……妈还给三哥做了一个红布兜肚。三哥不要。我妈说这个你必须得带着,在船上睡觉可不比陆地,肚子凉着了容易落下毛病。我问那虱子药有啥用,咱家人身上也没有虱子呀。我妈说,咱家人身上没有,船上不见得没有,得备着。

我妈把三哥的东西装进那个大帆布口袋时说了一句话:"立国呀,你可别怪妈和爸狠心。咱家现在只能你来帮你爸了。你大哥二哥当然知道你其实也是在帮他们,小侬子小忠子长大了也会知道的。"

三哥说:"妈,要是我大哥退学了供我上学,我会难受一辈子。我必须得去上班。不是你们逼的,是我自己要去的。"

老孟大爷把他的那张狗子皮褥子送给三哥。爸妈推辞,老孟大爷说,你们不收我可就急眼啦,船舱里潮,必须有皮褥子,不然没个不落病的。

我记得很清楚,那狗子皮黄澄澄厚墩墩,毛管都是空心的。我还问过老孟大爷为啥它是空心的,老孟大爷说就因为它是空心的才值钱哪,空心的耐寒隔凉气嘛。三哥走的时候把那张狗子皮用尼龙绳捆着绑在车后座。老孟大爷怕绑得不结实路上给颠掉下来,还拿一条胶皮管又给绑了一道儿。这张狗子皮三哥一直用了很多年,后来那次船上失火给烧了,三哥心疼得哭了好一场。

第六章

1967年春天。

燕子来得很晚，数量也比往年少。我家的这对燕子是"六一"那天才回来的。去年它们5月20日就回来了。我妈说，这是由于今年咱这儿的气温低，它们得等温度高到能孵蛋的时候才回来。

我问妈："那它们都去哪儿了呀？"我妈说："它们在关里等着呗，等暖和了就来了。"我那时已经有了刨根问底的毛病，继续问："要是咱这儿的温度一直冷可咋办哪？"我妈说："有啥咋办的，去别的暖和的地方呗。"我赶紧问："那咱家这个窝它就不要了吗？"我妈说："动物虽然和人一样恋旧，但它比人会决断。它们要是真的不来了，说明咱这是实在没法待了。唉，但愿别那样啊。"听了妈这句话，多愁善感的我鼻子一酸，不过没有哭，毕竟长大了。

四十多年后我自己家来了燕子时，我查阅了有关资料，知道我妈说的没错。燕子对自然环境的感知和预判能力是人类无法比拟的，某一地区的燕子如果比往年来得少，则说明该地区当年的气温等诸多环境因素发生了趋坏的改变。这些改变不利于燕子的生存，尤其不利于它们繁殖后代。所以燕子数量的减少也可以作为提示或警示一个地区环境变坏的参照性指标。

那时我才六岁多,并没感觉出当年的自然气候有啥异样,只是发觉街上整天乱糟糟的。

大哥二哥都是五年制本科,分别应该今年和明年毕业。现在学校停课,他们只能在家待着,继续上学和分配工作都没了消息。这对于我们这种指望着通过子女受教育来改善家庭状况的人家来说,其打击是可想而知的。不过,我爸我妈也不过是本能地意识到他们赌上毕生心血的投资有可能因无处兑现而变得一钱不值,他们哪会想到,在这之后的十年,中国的教育、知识和知识分子的价值指数会降至零以下。受价值观决定的一切一切,将会持续残酷地折磨和考验他们的信念。

那段日子,我家的竹劈子大门紧闭,大哥二哥在院子里给我们讲故事。大哥擅讲长篇故事,他讲的"一只绣花鞋""梅花党"和"肖飞买药",不光我们家里人爱听,左邻右舍更是一吃完晚饭就拎着板凳子来我家院子里听,就跟听系列评书一般上瘾。

有一天,街坊老齐大婶家的丫头娟子捂着脑袋跑进我家院子,进院就猫到大哥的身后,浑身战栗脸色苍白。一群半大小子随后追进院子,领头的正是那个不咋样的刘玉福,手里拿着把剪子。他身后的那些人都是平时跟他混的坏小子。

"齐娟,你给我过来!你的辫子是'四旧',我们要帮你剪喽!"刘玉福喊。

一听到这话,大姐嗖地一下躲到了二哥的身后,双手也紧紧地护住脑袋。那时大姐的头发已经长得浓密乌黑,刚留起一拃长的辫子。

大哥站起来,护着娟子和大姐进了屋。二哥挡在院子当中,问:"慢着,我得问问你,啥叫'四旧'?"

刘玉福张口就来:"旧思想、旧文化、旧风俗、旧习惯。

对不?"

"对倒是对了。不过你给我说说辫子为啥是'四旧'?"二哥问。大哥关上房门,站到二哥的旁边。我妈扒着窗户往外望。

刘玉福有些磕巴了,吭哧了半天说:"留辫子是旧风俗!特别是齐娟这种大长辫子。"

二哥说:"哈,这么说你妈的小脚肯定也是'四旧'啦。好吧,你先回去把你妈的小脚给剪掉喽,然后你回来,我帮你把齐娟的辫子给剪了,行不?"

刘玉福的脸被弄成了茄子皮色儿。小子回头看了一眼身后的那几个拎着棒子的喽啰,希望他们给帮帮腔。那几个小子显然还没他那两下子呢,哪帮得上腔。再说他们肯定都听说过二哥的厉害,怕说错话被二哥给叨住,所以一个个噤若寒蝉。

自打听说刘玉福欺负我和三哥,特别是他说大哥和我们不是一窝的,二哥就念叨过好几次要找机会收拾收拾他,今儿算是兑现了。

"好吧,雷大眼,你给我等着,明天我再来收拾你们!"

刘玉福留下这句话后带人走了。

刘玉福走后大哥跟大姐说:"小依子,看来辫子是不能留了。与其被他们剪成鬼剃头,还不如大哥给你剪个短发。行吗小依子,大哥保证让你更漂亮。"

大姐松开捂着脑袋的手,说:"你要是早张罗给我剪头,不就没这么多麻烦了嘛。剪呗,我本来就不爱梳辫儿,多麻烦哪,天天还得梳头。"

我妈对惊魂未定的娟子说:"娟子,他们走远了,你快回家吧。让你立人哥送你。"

说着话老齐大婶气喘吁吁地来了,说:"我的天哪,幸亏你们啦,不然娟子不得被他们祸害成啥样呢。这帮损犊子没一个好东西,尤其是那个刘玉福,惦记我们家娟子不是一天两天了,被我骂得不敢照面。他今儿个这是成心的。"

娟子长得白净水灵，是镇上出名的漂亮姑娘。她时常到我们家来，好像都是她妈让来借东西啥的，时间大约都是大哥二哥放假在家的时候……我看她大概对大哥有意思。不是大概，是肯定。不然她不会老偷偷地瞄大哥……今儿个也不会专往大哥身后猫，她咋不往二哥身后猫呢。

我觉得娟子不仅人长得好，心眼也挺好的，如果她成了我的大嫂，肯定会对我不赖，所以我会同意。可遗憾的是大哥好像对她并没啥意思呀。

这时娟子又瞄了一眼大哥，说："妈，立家哥说得对，辫子肯定是不剪不行啦。我也想让立家哥给我剪，行不行啊，立家哥？"

说完这话她脸红了，不敢再看大哥。

大哥迟疑的工夫我妈赶紧说："他一个小子家家的会剪啥头。我家小依子一个小丫头片子好看赖看的让他将就剪一下也就罢了，你家娟子一个大姑娘哪能让他瞎剪。还是带娟子去理发馆吧。实在不行，你要是信得着的话，就我给她剪吧。"

没等我妈的话落地，老齐大婶便说："没事没事，就让立家剪吧，这孩子办事我放心。来，娟子，要不你先剪。"

这老齐大婶是个心直口快的人，她是啥心思连我这小孩都看出来了。她特稀罕我大哥，到我家串门时一看到大哥帮我妈拉风匣，就站在那儿看，嘴里面念叨："这孩子真懂事，哪有大小伙子一回家就帮他妈拉风匣的，别说还是个以后得当工程师的大学生。也不知谁家的闺女有福能找到你们这样的好人家呀。"

这种时候我妈都不接茬儿。看来，我妈也没那方面的意思，或者说是我妈觉得这事不应当这么表露。反正老齐家肯定是相中我大哥了。老齐大婶两口子都是冶炼厂的职工，家中就娟子这一个孩子，家庭条件在当时绝对是相当好的，比我家不知强多少倍。老齐大叔老实巴交的人也特好。我不知道妈为啥没态度。

大哥用眼神征求我妈的意见。我妈说:"你们娘俩要是不嫌乎,就让他剪吧。"

娟子脸色绯红地坐在凳子上,对我大姐说:"依子,让姐先剪呗,姐怕那帮坏小子再来。"大姐也很喜欢娟子,平时娟子一来她就上前摸着娟子的大辫子和她腻乎。她说她爱闻娟子身上的味。

娟子的两条大辫子肯定是留了很多年,都过了腰了,乌黑油亮的。大哥的剪子咔嚓咔嚓开剪时,娟子可就吧嗒吧嗒地掉眼泪了。大姐赶紧给她擦,说:"娟子姐,哭啥呀,留辫儿多麻烦。"

一会儿工夫,娟子和大姐都变成了齐耳短发的发型。还别说,也蛮不错,挺好看的。娟子走时捧着那两条大辫子,冲大哥说:"谢谢立家哥。这辫子我得保留一辈子。"

这天晚饭后二哥独自一个人去了刘玉福家。他在刘家大门外喊:"刘玉福给我出来!"姓刘的以为二哥是来打架,和几个哥哥端着铁锹擀面杖啥的出来了。二哥掏出事先备好的剪子说:"我就是来告诉刘玉福,我妹子和娟子的头发已经自己剪了。我想问一下,你妈的小脚剪了没有?"刘玉福的大哥长得很膀,挥了下擀面杖说:"你想打架吱声,别在这儿找不自在。头发能剪,脚咋剪哪,脚剪掉了人还能走路吗?"

二哥说:"你们还终于说了句人话。好吧,你妈的小脚可以先留着。不过你妈身上还有一件'四旧'必须得除喽,就是你妈头上盘着的小卷!这可是绝对的'四旧',万恶的旧社会地主婆都梳这种头。黄世仁他妈的小卷跟你妈的一模一样。听好了,限你们今晚给她剪喽,如果明天还没剪,我就带人来给她剪。剪完了再挂上大牌子游街。小样看你还敢跟我嘚瑟。"说着话二哥拿着剪子比画了一下。

这话一出口,刘家这哥几个吓得是面面相觑,半天说不出话来。

二哥离开前,刘玉福那个相对精一些的二哥掏出一盒大前门递给二哥,赔着笑说:"兄弟,我妈的小卷留了好几十年了,要是给剪了她非得死了不可。求你抬抬手放我们一马。玉福这犊子玩意儿我负责收拾他。你放心,从今往后他要是再敢找你们家的麻烦,我就打断他的狗腿。"

这件事是大哥后来讲给我们听的。那刘玉福果真再也没敢来我家闹事。

刘玉福倒是没来,可另一群手持竹竿弹弓子的坏小子闯进了我家的竹劈子大门。他们指着屋檐下的燕子窝说:"这燕子窝是'四旧',必须得捅喽!"

老孟大爷闻声从屋里冲出来,指着领头的那个小子说:"捅燕子窝瞎眼睛你们知道不?"

那小子冷笑一声道:"老家伙,我们刚捅了好几个燕子窝,眼睛也没瞎呀。"

"现在没瞎,不见得以后不瞎!"老孟大爷说。

我妈抱着老六站到燕子窝下边,说:"你们谁要是敢动这燕子窝一个手指头,我就跟你们拼了!"

我妈的头上,那一窝六只嗷嗷待哺的小燕子正伸着黄嘴丫等待父母捕食归来。它们还太小,不知道院子里这场冲突是为什么,不知道灭顶之灾正向它们逼近。

燕子一窝能孵出六只雏鸟这不多见,去年这对燕子只孵出了四只。这几天看着六只小燕子一天一个样地迅速成长,六个油黑的小脑袋不时趴在窝边往下望,我妈一个劲儿念叨:"真不容易,真不容易。六个呀,全都活了,这不正好跟咱家六个儿子一样多嘛。"尤其是见那一对老燕子不知疲倦地往返捕食喂那六张嘴,我妈会对我们说:"你们看老燕子养活孩子多辛苦。妈把你们养活这么大,一点儿也不比燕子容易,你们以后要是忘了我和你爸的养育之恩,那妈得伤心死喽。"

我妈说这话时老六在她怀里正张着小嘴哭。为大哥二哥的事上火,老六一生下来妈的奶水就不足,家里哪有钱买奶粉,老六吃不饱天天哭。老五出生时我还不记事儿,这老六可是我眼瞅着妈一把屎一把尿地抚养成长的,所以妈一说怕我们长大不孝顺的话我就想哭。

最初见到这帮气势汹汹的坏小子时我吓得够呛,都想跑回屋里来着。一看我妈做出如此悲壮决绝的举动,我的恐惧立马化成勇气和愤怒。我上去抱住我妈的腿,冲那些人喊:"你们不是好人!你们是坏蛋,是坏蛋!不许你们害小燕子!"

老五也上来抱住我妈的另一条腿,喊:"捅燕子窝瞎眼睛!瞎眼睛!"

大姐跑到我妈前面,冲那领头的喊:"燕子是人类的朋友!这是我们老师教的。你这么大人咋连这点儿知识都不知道!"

那天除了我爸和三哥,其他人都在家。海上正值鲅鱼汛,三哥已经快半个月没回家了。

那帮坏小子被我家这些妇孺激烈的反抗所震慑,他们中有的人现出了迟疑的表情。

这时门外又闯进来几个年龄稍大一些的,其中一个满脸凶相的小子个头跟大哥都差不多。他进院就喊:"咋样啦,咋样啦,全镇的燕子窝都被歼灭了,这里怎么还没动手?我来看看,是谁在螳臂当车?"那些人忙给他闪开路,他走到我们面前。这小子那张黑脸特吓人,我本能地紧紧抱住我妈的腿。

头顶上,那对老燕子回来了,在窝边惊慌地乱飞,嘴里发出悲哀急促的叫声。小燕子们肯定是终于知道了局面的严峻,或是听到了老燕子的警告,齐刷刷地把头缩回了窝里。

"报告!这家人很顽固,阻止我们'破四旧'。"那些人向大个子汇报。

大个子冷笑一声说："一帮废物！绊脚石踢不开就绕过去呗。来呀，竹竿是干啥的，给我捅！"

后面拿竹竿的人迟疑着。有个面相和善戴眼镜的，走到我妈跟前小声说："大婶，燕子不过是动物罢了，这儿待不了去别的地方也可以呀。你何必为了它们犯错误，不值呀。"

"犯错误？犯啥错误？保护动物有啥错！全镇的燕子窝都被你们给捅了，它们还能去哪儿？再说这些小燕子还不会飞，你们现在捅了燕子窝就等于是把它们都给弄死了！祸害这些不会说话的动物是伤天害理，是犯罪！你们知道不知道！"我妈喊。

大个子说："犯个屁罪！"

二哥劈手揪住大个子的脖领子，说："你嘴巴给我干净点儿！你们凭什么说燕子是'四旧'！"

大个子一抬手把二哥推开，说："用燕子看风水这就是'四旧'！来人哪，把这老娘们儿给我拉开！"

大哥呼的一下挡到我们面前，说："看你们谁敢！"

有两个人试探着要动手，大哥一一推开他们。这举动刺激了那些人，更多人开始往上扑！恐惧让我窒息，我能做的只有使劲喊使劲哭。

这时，只有三岁多的老五迸发了惊人的血性——他松开我妈，扑上去咬住一个人的大腿！

老五这举动让我这当哥的一辈子都感到汗颜。别说在当时，就是在我长成五大三粗的壮汉后，我也不敢以如此之举动来捍卫尊严。那一刻，一个三岁孩子面对的是多么强大的对手……若干年后当老五立德当选我们这个区的区长时，我于第一时间独自念叨："这就对了，这就对了。他够格。"

被咬住的那个人嗷的一声，使劲扒拉了一下老五的脑袋，老五

081

愣是没松口。那个人又使劲推了老五一把，老五一屁股坐在地上。

"我×××！"三哥在喊。

是三哥！我看到他跳起来使劲勒住这个人的脖子。呼啦一下子，那些人都围过去拉扯三哥。宋大勇出现，一手一个地揪住他们往后扔，几下子就给三哥解了围。被扔的人无一例外地趔趄着摔倒，爬起来后都不敢再上前。三哥从那个人身上跳下来，抱起老五。

这是三哥一生中唯一一次骂人。他和宋大勇出海归来，自行车和一筐鲅鱼扔在院外。这工夫老孟大爷抡起院子里那把大洋镐，瞪圆了眼珠子喊：" 谁敢再上来我劈死他！"

慑于我们拼死抗拒的决心和宋大勇的威猛，那帮坏小子停了手。越来越多的街坊跑进院子声讨他们，有人控制不住指点和推搡这些坏小子。宋大勇说："你们快滚吧，再不滚我们就不客气了。"边说边抢过那些人手里的竹竿，咔吧咔吧全给撅了。

高个那小子大概是看出来僵持下去对他们不利，便说："好吧，限你们今晚自己拆了燕子窝。明天我们还来，要是你们没动手，我们可就要动武啦，说不准还得抄你们的家！"

他们往外走时大哥跟上去说："你们再等几天吧，过几天这一窝小燕子就可以出飞了，等它们出飞后我们马上就拆，不用你们动手。"

那高个的说："这可就不是你说了算啦，看我们心情吧。"当时他们已经走到了大门口。

就在此时，这小子猛地转身举起了弹弓子！大哥随即伸手去抢。啪的一声响，弹弓子在大哥的脑门前击发了。

事后，大哥说他一直盯着那小子来着，那小子往外走的工夫就偷偷从别人手里拿过弹弓子并装上了石子。

石子打在距燕子窝不足一拃远的位置，两只老燕子吓得噗地飞开，瞬间又飞回来，嘴里发出异常凄厉的叫声。

大家都盯着燕子窝看，谁也没注意大哥。我妈喊了一嗓子："立家子！你咋的啦？"大家这才看到大哥捂着眼睛蹲下了，血顺着手指缝往下流。

坏小子们带伤逃走后大哥松开捂着右眼的手。眉骨上有一道很深的口子在流血，右眼充血肿得老高。我妈赶紧捂住大哥的左眼，问："看得见吗？"大哥说："妈，没事，看得见。"

"那就好，那就好。走，赶快去医院。"我妈说。

大哥非不去，说把口子包上就没事了。我妈从那装粮票布票的小铁盒里拿出肯定是家里仅有的一卷钱交给二哥，让他马上带大哥去县医院。

大哥眉骨上的伤口缝了三针。这倒不算啥，严重的是他的眼球。由于受到弹弓子胶皮的猛烈抽击，眼底视网膜部分脱落。

其实，我妈问他是否能看见时，他的右眼像是被一张只留了一个小孔的纸片遮住一样，只能看到筷子粗的光亮。这是他到医院后跟医生说的。

医生说最好是赶快做手术，但这种手术国内只有北京的大医院能做，费用十分昂贵。当时医生看了一眼穿着破旧衣服的大哥二哥说："没谁能做得起这样的手术。回家好好养吧，或许能够恢复。注意休息，别累了眼睛，恢复不好的话视力可就完了。"

这些都是后来二哥讲给我的。当时大哥嘱咐二哥千万不要跟家里讲视网膜的事，只说把口子缝上就没事了。之后的岁月中二哥一直为这件事内疚。每逢二哥说及此事，大哥都会说："这算啥呀，当时别说咱家没钱，就算是有钱，也不会受罪做那手术。"

那天晚上，二哥找出给三哥做的那把弹弓子扔进灶坑烧了。他说："立国，别再玩这个了。"

第二天，大哥的眼睛肿得封了喉。他安慰我妈，说没事，消肿就好了。我妈不放心，问二哥，二哥也说没啥事，以后好好休息，按时吃消炎药就行。这天,我们全家紧闭大门守着燕子窝。我妈冲小燕子们念叨:"快飞吧,快飞吧,你们哥儿几个呀。不然就活不成了!"

这天,那帮坏小子没来。

六只小燕子已经长全羽毛,齐齐地蹲在窝边伸展翅膀。按去年的进度,它们当中大一点儿的最快还得三四天才能出飞,最小的老五老六小脑袋才手指甲那么大,咋说也得一周后才能出飞。老燕子肯定知道情势危急,一大早就高频率地往返捕虫——喂食,从未有过的急迫的叫声流露出它们内心的忐忑和焦灼。看到最小的小老六被张着大嘴的哥哥姐姐们挤在一边,我心里喊,老燕子呀,你可别只喂那几只大燕子,小老六要是吃不饱就更不能跟大的一起出飞啦!还好,老燕子心中有数,它们记着每一轮喂食的顺序,从未忘了小老六。

三哥又出海了。昨晚,全家都在为燕子的事和大哥的眼睛上火。我爸下班后三哥好像要跟爸说啥事,我看他好几次想说来着,后来都被别人给岔开了。今早他跟往常一样天没亮就走了,他走的时候估计爸还没起来。看来,他想跟爸说啥事只能等这次出海回来才能说了。

第二天天刚亮,我听到妈在外面喊:"你们都起来看看吧,小燕子全都出飞啦!"

我们大的小的噼里啪啦全都起来跑到院子里。眼前所见让我又控制不住眼泪——六只小燕子,包括最小的老六,全都飞到了老孟大爷的房檐上!两只老燕子一边一个地护着它们。

这简直是奇迹——求生的本能让发育提速,活下去的欲望驱动尚未丰满的羽翼扑向天空。

燕子窝空了。也就是说,即使现在坏小子们闯进来捅了燕子窝,它们也都安全了。

"啊！啊！我们胜利了，小燕子胜利了！"大姐和老五跳着高喊。

大哥搬来板凳继续坐到大门口。他的眼睛肿得更厉害，半边脸都青了。他说："还得继续看着，绝不能让他们祸害燕子窝。明年燕子还得来呢。"

天空又传来燕子的叫声。大量燕子飞来，落在老孟大爷和我家的屋檐上。最初有几十只，包括少量尾巴呈扇面状，还没长出剪刀的刚出飞的小燕子。到吃早饭的时候，屋檐上的大小燕子已达到上百只！

"哎呀，哎呀，那帮小子作孽呀。"我妈念叨，"这些没了窝的燕子没地方去，觉着只有咱这儿还算安全，都跑咱院子来了呀。"她说。

从这天起，每天早晨，老孟大爷都得在屋檐下扫起半铁撮子燕子屁屁。可他乐呵，他愿意干。

可最终……大哥的愿望，这个院子里老老少少所有人的愿望，都落空了——秋风起，历经劫难的燕子们集体飞走，再也没有回来。包括我家的那一窝。

当然也包括已经长壮实了的小老六。

也就是说，我们所做的一切努力，包括大哥右眼的视力从1.5最终变成0.1，也都没有换来燕子们足够的安全感。

第二年，第三年……每一年的春天，我们全家都守望着那仍然完好的燕子窝，等着它们回来。但它们再也没有回来。

第七章

　　那天早晨三哥正要出海,我爸在院子里喊住他:"立国,有事吧,说吧。"

　　当时三哥已经在自行车后座上绑好了他的出海行囊:油布雨衣、换洗衣服。车把上挂着的网兜里是妈给烙的白面火烧。三哥的个子没咋长,只是比原来壮实了些,脸晒得跟所有渔民一样呈古铜色。

　　"爸,听说要征兵了,我想去当兵。"三哥说。

　　"啊。"我爸说。

　　"爸,今年我大哥就能分配工作了……所以我想去当兵。"三哥说,盯着爸的脸。

　　"啊。"我爸说。

　　三哥站在那儿不敢动,等着爸表态。

　　"行。"爸终于说。

　　"你先出海去吧。啥时候报名你打听着点儿。"爸接着说。

　　三哥显然不敢相信这是真的,眼泪围着眼圈转,干愣在那儿。宋大勇在大门外喊他,他才回过神来,乐颠颠地推着自行车走了。

第七章

这天晚上爸跟妈说了三哥当兵的事。

"让他去吧。"爸说。

"这当然好。可立家分配还没个信儿，立国要是当兵走了，咱们家不还是你一个人上班吗。能行吗？"妈说着往外看了一眼。当时大哥二哥在院子里给邻居们讲故事，我肚子疼没出去听。

我爸说："走一步算一步吧，我不能再拒绝立国。说不定，过几天立家分配就有信儿了。"

爸盯着茶缸子。自打大哥二哥停课回家，爸似乎一下子老了许多。

"如果上边说不分配了，也就是说五年大学白念了，那咱也就不指望了。冶炼厂正要招临时工，就让立家先到冶炼厂上班再说，我好歹有个帮手。要不是看他是学工的，干脆让他去渔场也不是不行。"爸说。

听说三哥要当兵，我高兴得立马就想跑到院子里告诉大家。可爸妈告诫我这件事先不能跟外人说。

三哥上船这两年，吃的苦挨的累，是我这个小孩所无法体验和想象的。差不多同样是小孩的三哥承受了、承担了成年壮汉都未见得能承受和承担的艰辛和责任。

那时的龙背岛渔场只有两艘六十马力的机船，虽然三哥的梦想是当机船的大车，但他一个新来的小孩子肯定只能从风船干起，从船员中最末位的小前头干起。风船上共有五名船员，除了船长、副船长，其他三名船员按从船头到船尾的位置分工，分别叫前头、大舱、二舱。三哥干的是最累的小前头。顾名思义，前头负责船头区域的所有工作，像拔锚、系解缆绳、升小篷、瞭望、甲板清洁等。当然，所有船员还得共同完成船上的集体性工作，像装网具、下网、起网、摘网、鱼获装舱等。

宋金斗大叔是多年的老船长，在渔场说话很有分量。三哥进渔场那天，他跟领导说："我儿子去哪条船随你们安排，雷锦江的老三必须得上我这条船。"

有宋金斗大叔照顾，这肯定也是爸妈放心让三哥上船的一个原因。

然而摆在那里的活计可是谁也不能替代的。拔起五六十斤重的大铁锚是三哥接受的第一个考验。按惯例，起锚时大舱和二舱需协助前头共同拔锚。因为锚常陷在泥中或钩在礁石上，加之锚缆常年浸泡在海水中，上面布满海苔，原本粗糙的锚缆光哧溜的攥不住，一个人很难拔起来。可三哥觉得拔锚应该是他这个前头独自完成的活儿，让别人帮忙是不光彩的事，所以即使宋金斗大叔交代过大家要照顾好这个孩子，三哥还是尽力自己拔锚……第一次，三哥无论如何也拽不动那手腕粗细的锚缆，他偄劲儿上来了，非得不让别人伸手。结果，他的手心当时就磨出了俩血泡。两个月后他基本能独自完成这项工作，可手心上的血泡没断过。

那时正赶上秋天拉蚶子。船后拖着一个两三米见方的大铁耙子，连毛蚶子带泥足有二三百斤重，都是船员用手拽上船的。拽上来之前还得在海水里反复晃荡涮干净泥……湿漉漉的网绠子比锚缆更粗糙，每天几十趟下来，连老渔民铁锉般的大手都磨得受不了，三哥已经有伤的手哪能禁得住。他手心的血泡连成了片，肿得手套都没法戴。他怕回家爸妈看到了心疼，那些天就不回家。当时正赶上学校"十一"放假，大哥带着我去龙背岛看他，拎着我妈炸的一罐头瓶子黄豆酱。从见面三哥就把手往身后藏，大哥心细，抓起三哥的手看……那两只手都缠着埋埋汰汰的纱布，掌心都被血水洇透了。当时大哥的眼泪簌簌地往下淌，三哥一边往回缩手一边说："没事，没事。"

每天早晨凫水去解缆绳是前头承担的第二件苦活。大船一般泊在距岸三十米开外的深水区，那时渔场只有几条小舢板，不够为所有大船服务，多数大船的前头得自己游到船上去解开固定船尾的缆绳。天气暖和的时候这点儿活儿对谙熟水性的三哥来说不算事儿，可深秋和初春两季就另当别论了。冰冷的海水砭骨透髓，每次解完缆绳爬上船，三哥都冻得浑身发抖，还肚子疼。船头到船尾来回跳着跑好半天才能暖和过来，然后马上去厕所。时间长了他落下病根，一着凉就拉肚子，到晚年发展成严重的溃疡性结肠炎。

通常前头还需兼职做饭。宋金斗大叔说，他一个孩子，在家都不做饭，哪能做得好船上这好几个人的饭，还是让大舱做饭吧，大舱做的饭我爱吃。就这样给三哥减去了一份工作。

渔民出海都是起早贪黑，所以即使三哥下班回家我们也很少能见到他，通常是第二天吃到鱼虾时才知道三哥昨晚回来了。鱼汛的时候他们住在岛上，常十天半月不回家。星期天大姐常带我和老五去岛上看三哥，我们坐在沙滩上等三哥的船返航。很多船陆续回来了，船离岸边还很远时我就能看出哪一艘是三哥的船——哪个船头上站着的前头最瘦小，哪艘船就是三哥的那艘。看到三哥穿着那套肥大的油布雨衣站在船头，手持长长的网钩子钩起缆绳的浮漂，我心底会泛起十二分酸楚，但还是会跟旁边的小孩吹牛："看，那是我三哥的船！我三哥的船跑得最快，打的鱼最多！"旁边大一些的孩子会说："你哥就是个小前头，那船也不是你哥的呀。等你哥当了船长大车你才配这么说。"这种时候我会毫不含糊地跟他说："你懂啥，这船就是我哥的。宋金斗大叔是船长吧，他都这么说。"

三哥跳下船，像大人似的挨个摸摸我们的脑袋，然后从油布雨衣里掏出好玩的好吃的给我们。这时候我心底的酸楚会更强烈，强烈得想哭……是那种混合了温馨的酸楚。假如三哥不是这般瘦小，假如他像大哥那样高大强壮，我只会感到温馨，肯定不会有酸楚的感觉。

三哥常给我们带回新奇的东西——没见过的奇形怪状的小螃

蟹、海螺、贝壳、鲨鱼骨头做成的骨头子儿……至于一斤多一个的梭子蟹、小孩胳膊粗的大对虾啥的就不在话下了。印象最深的是他用蜡头棒子（河豚）皮覆在罐头盒上做成的小鼓，用筷子一敲，响声短促清脆，咚咚地好听极了。最初只做了一个，我和老五争着玩，偶尔会争得不开心。三哥便说，别急别急，等三哥给你们多做几个。不久真就大大小小地又做了好几个……最小的那第八个做得最不容易——不好趸摸那么小的罐头盒。最后还是娟子从家里翻出来一个上面全是外国字、只有牙签盒大小的袖珍罐头盒，那是老齐大叔去苏联进修时带回来的。三哥把那八面小鼓按大小个顺序排好队摆在饭桌子上，挥动筷子那么一敲，嘿，哆咪咪发嗦啦西哆！这奇妙的效果把我们几个小的惊奇得瞪圆了眼睛不说，就连爸妈都被吸引过来。我爸盯着那几面小鼓，难得地呵呵乐。三哥随后尝试用这套小鼓敲出曲子，这可就不容易了。一来小鼓的音阶并不太准，二来，就算这一大堆小鼓是标准的乐器，不经过专门训练也很难演奏。三哥上学时是学校鼓乐队的，还跟人学过二胡，算有点儿功底，敲打半天终于完成了一段《让我们荡起双桨》，赢得全家的掌声和笑声。

那些小鼓后来没能保存下来——罐头盒慢慢生锈，闹耗子时鼓面被耗子们悉数咬破。

听到三哥要当兵的信儿，我们几个小的最高兴。尽管三哥当兵后我们肯定吃不到那么多海物，也得不到那么多新奇的礼物了，但三哥从此不用那么辛苦，这最重要。并且，我们家终于要有一个当兵的了，我也可以有机会戴着我哥的军帽出去炫耀了。拥有一顶军帽，对我这年纪的男孩来说是一件很重要的事。

征兵的来了，体检处就设在镇医院。三哥报名了，身体初检没问题。家里最担心他的体重，怕过不了一百斤。还好，称体重那天三哥多吃了一个大饼子，又喝了两大碗萝卜丝汤，结果刚好过百。

第七章

　　同一天，大哥接到学校的通知，让返校，说是要公布分配方案。爸妈那个高兴啊，当天就让大哥坐火车回沈阳。

　　大哥分配工作，对于我们这样一个家庭来说意义重大。这意义不仅在于知识改变命运的辛酸梦想终于以长子成功就业得以实现，更现实的意义是——家里因为有了大哥这个能挣钱的劳动力而可以从容地考虑让三哥放弃渔场的工作去当兵了。不然的话，三哥当兵这件事会让压在爸妈头上经济负担的愁云更浓更重。

　　也是这一天，老孟大爷的二闺女，远在四川的香姐携丈夫回来了。香姐家的姐夫叫秦浩，在一家科研单位工作。这个小个子四川人是某个国家级实验课题的负责人，这个项目被中断后，他愤怒得几乎疯掉，整天端着铁锹守在实验室门口。后来除了到研究所的垃圾箱里找他的资料就是红了眼地找人理论，到最后大家都说他是真的疯了。为救他，香姐把他带到了东北。

　　在老孟大爷家听香姐讲这些时，我妈陪着香姐一起流眼泪。我爸说："没事，没事了，回家就好了。明儿起秦浩就不要出门啦，在家好好养身体。要是闷得慌就帮我给这几个孩子补习功课吧。"

　　香姐没几天就回四川了，她得回去照顾孩子。她走的时候对我爸妈说："秦浩就托付给你们了。他倔，办事一根筋，你们千万担待点儿。"漂亮的香姐憔悴了许多，分手时她拉着姐夫的手吧嗒吧嗒掉眼泪。

　　我们院子里从此多了一个操四川口音的家庭成员。为避免引起外人注意，他从不出院，来了外人时，他绝不开口说话。他是个办事认真、讲效率的人，来的第二天就自己动手做了一个小黑板，正儿八经地按我爸的交代给我们讲课。天哪，我们这仨小的，大姐小学四年级，我和老五这俩学龄前儿童连幼儿园的大门朝哪儿开都不知道，只跟哥姐们学过眼巴前的几个汉字和十位数的加减法，他咋给我们这水平差距如此巨大的姐仨上课呀。他倒不怕麻烦，因材施教，分别授课！对大姐按教材来，语文算术历史地理一科不落地开讲；对我和老五，他自编教学计划，只教语文和算术。

那是一段特殊的时光，大门紧闭的院子里，小黑板前最多时坐着老少六位学员——我妈抱着老六，旁边是二哥、大姐、我、老五。我妈没念过书，这是她一生的遗憾。为弥补这遗憾，她参加过街道办的扫盲班。可这扫盲班办了没俩月就黄了，我妈在那班上只学了不到二百个汉字，勉强能写下我们全家人的名字。这回姐夫教我和老五语文，我妈乐的，非要跟我们哥俩一起学，还自己订了一本田字格。

二哥本来最不喜欢南方人，他说过南方人心眼小，难对付，听过姐夫的经历之后他彻底收回了偏见。二哥本来在家待不住，尤其是大哥走了之后，他整天闷闷不乐的，不爱说话。姐夫来了后他终于有了可以交流的朋友，常和姐夫在院子里彻夜长谈。唠些啥我也听不懂，都是科技、实验、数据这样的生词儿。心气高傲的二哥很少服过谁，这个说话语速极快，还动不动就皱眉头瞪眼睛的姐夫看来是他佩服得五体投地的第一人。有事为证——姐夫办的这两个班，一个是学前班，一个是小学四年级班，他一个医学院的本科生竟然规规矩矩地两个班的课全听。尤其是上历史地理课时，二哥甚至拿小本认真地做笔记，没记下来时还举手让姐夫再说一遍。

说实话，这姐夫的课最好听的还真就是历史、地理课。他肯定是个博览群书学识渊博并且文理兼专的人，还肯定到过国内国外很多地方，不然不可能一本书不看就能讲得滔滔不绝引人入胜。他这课我虽然不能全理解、全记住，但基本能听得懂。姐夫的表达能力肯定不及二哥，但他懂的东西显然比二哥多很多。尽管他的四川普通话和超快的语速有时让人听起来很别扭。对了，就是他这四川普通话和他不给力的讲解能力害得我和大姐对他的算术课彻底失去了兴趣，尤其是我。

也可能是他觉得这小学算术太简单了，同时也可能是我这学生太笨了，反正经常是他没几句就讲完了，我这儿听天书似的还没听懂呢，他就让我们答题，我答不上来他就急眼。察觉到自己急眼了就赶紧控制，然后再讲解，再出题，我还是不会，他就再急眼……这一急眼，"你在搞些啥子哟、没有哈数、要得、黄棒、戳拐、毛焦火辣"这些难懂的四川话可就一串一串地蹦出来了，我就更五迷三道了。可我坚信自己不笨，有根据——大姐本来算术不错，可一听他讲课就蒙，原来会的都整不准了。大姐偷偷跟我说，这姐夫还没有我们班的老师讲得好呢。

不过，后来我还是弄明白了一件事，那就是，我真的不聪明。这也有根据——老五才三岁多，可他就能跟得上姐夫的授课节奏，也只有他对那极其无聊的算术课爱极了。

到后来，我和大姐基本放弃了姐夫的算术课。姐夫对我这样的笨蛋也只能叹气加摇头。我们哪里知道，我们放弃的是一位留美博士的算术课。

这是二哥后来跟我们说的。他说的时候我依然认为这博士的数学课讲得不咋样。并且我那时并不知道留美博士究竟是一个什么样的头衔，以为那或许还不如冶炼厂的五级钳工给力呢。

姐夫对老五给予了极高的评价，这评价就是："这娃子了不得，了不得。"

姐夫的评价是准确的。高中时我和老五接受过同一位数学老师蒋天明的授课，这位操一口纯正东北话、外号"讲天书"的老师的数学课，对我和绝大多数同学来说简直是噩梦，可老五不仅听得懂学得会，还得到那蒋老师据说是从教几十年少有的夸奖。

五天后大哥回来了。

尽管他努力以轻松的口气说是要去农场参加一段时间"再教育"，然后才能分配工作，但家里人终究还是明白了——大哥的工作算是真正没了着落。

大哥和六十多名机电学院的同学被安排去北大荒的一个部队农场。

仅经历了几天的欢欣，我家重又陷入焦虑和阴霾。

同一天，三哥接到通知，政审已经合格，明天参加体检复检。

晚上，全家围坐。

"立家，啥时走？"我爸问。他端坐在炕头。这晚，他就说了这一句话。

"下个月先去沈阳拉练，然后从学校直接去北大荒。这次让我们回家就是自己准备行李。"大哥说。

三哥盯着地面，白天接到复检通知时的欢天喜地不见了。他今儿回家很早。从打他初检合格，宋金斗大叔就没让他出海，说是怕他着凉了拉肚子减了分量。今儿特殊交代他早点儿回家，别乱吃东西，不要着凉坏肚子。

这天晚上，三哥一个人坐在院子里很晚才回屋里睡觉。

第二天，二哥陪三哥去复检。

从三哥坐到检查视力的小凳子上比画出第一组字母E的方向开始，二哥就知道三哥要放弃这注定不会再有第二次的改变命运的机会。

三哥双眼的视力本来都是1.5，可他从拳头大小的字母开始就都比画错了……

复检五官科的还是初检时的那个老大夫，老头吃惊地问三哥是近期用眼过度还是总哭来着，三哥点点头又摇摇头。老头把三哥带到旁边看眼底，看完后盯着三哥说："孩子，你先去外边休息一会儿吧，过一会儿再来验听力。"

守在门口的二哥一把抓住三哥的手说："立国，可不许这样！不许这样！咱全家都等着你穿军装呢！"

三哥平静地掰开二哥的手,说:"没事二哥,今儿不知为啥眼睛真的不好使。"说完就要进去验听力。

二哥急眼了,拽住他压低声音说:"弄虚作假逃兵役是犯法你知道不知道!你不能给咱家人丢脸啊!"

三哥红着眼圈看了二哥一眼,一句话没说,转身走进了检查室。

那老大夫说:"孩子,别急别急,仔细听,我每个词都说两遍。"然后老头在墙角低声说:"地瓜。"声音不算小,门口的二哥都听得清清楚楚。三哥面无表情,回答:"大妈。"……反复几次之后老大夫又把三哥带到旁边去看耳道。那时房间里只有老大夫和三哥两个人,看过耳道之后老头问:"孩子呀,你说实话,你是不是不愿意当兵啊?"

三哥说:"咋不愿意呀!"没等说完,委屈的眼泪便流个不停。老头拿出个手绢给三哥擦眼泪,说:"愿意就好,愿意就好。别急,别急,你再出去歇会儿,歇好了再进来,我重新给你查。"

三哥止住了哭,说:"叔,不用了。我真的看不见听不着。"

老大夫重重地叹了口气,送三哥出门时跟二哥小声说:"唉,他不愿意去就不去吧。这小伙儿一看就机灵勤快,本来是块挺好的当兵的料,可惜了。"

就这样,1967年的秋天,载着整车新兵的卡车在锣鼓声中开出镇子的时候,龙背岛外,十八岁的三哥依旧站在那艘十二米长的风船的船头,从渤海的海底,用力拽出盛着几百斤毛蚶子和海泥的铁耙子。

从那天起,我们再也不忍心唱那首过去三哥最爱唱的童谣——"大雨哗哗下,北京来电话,叫我去当兵,我还没长大。"

许多年后,第四次发生脑梗死,部分丧失了语言和识字能力的三哥躺在市医院的病床上,我和侄儿雷涛在旁护理。望着三哥已经稀疏花白的头发和越来越像我爸的脸型,我想起了他征兵复检的这一幕……如果，如果三哥不那么做，那么他或许可以凭他的勤奋和才智在部队建功立业，那么我面前睡着的可能就是一个团长、师长；或许他还可以在部队补习功课，考入军校，成为一个科研人员；或许他还可以学习汽车维修驾驶，转业后成为一个司机或技师；或许，他可以学习乐器或唱歌，成为一名部队文工团的演员……总之，聪明、勤奋、忠厚的三哥，为了我们这些兄弟牺牲了那许多种命运的可能，同时也牺牲和透支了自己的健康。

三哥醒了，雷涛拿出备好的学龄前儿童识字卡片，从雷字开始，教他爸识字。

第八章

  大哥听过家里人特别是二哥的介绍后，对姐夫也是尊敬有加，从此每天和二哥一起缠着姐夫唠嗑。他们的对话我不能全部理解，但有两段我记得很清楚。

  大哥："姐夫，你说我们这大学不是白念了吗？"

  姐夫："为啥子这么说？"

  大哥："不分配工作去种地，学了五年的专业都没用了，这还不叫白念了吗？"

  姐夫："不，我不同意你的看法。就算是当农民，学了五年本科的农民和没读过一天书的农民也还是不一样。"

  大哥："一个农民不需要学五年无线电技术吧，这成本也太高了吧。哪怕让我们去学几年农业科技也算是说得过去。"

  姐夫："立家，你没懂我的意思。其实，我最有资格提出你刚才提出的问题。你和我，包括一年后的立人，我们都要坚信这一点，那就是，你学到脑子里的知识永远是属于你自己的。它会伴着你认识、分析和判断这个世界，伴着你等待疯了的人们康复。这就是我想说的。懂了吧，书没有白念的。"

说这话时，他圈套圈的眼镜后面那红肿疲倦的眼睛里闪现出父辈般慈祥恺恻的光芒，平日里那种执拗好斗的眼神全然不见了。大哥二哥显然也接收到了这份光芒，他们好一阵没有说话。

另一段对话是——

大哥："姐夫，你究竟是搞啥研究的？"

姐夫："都不重要了。没了，已经全没了。今后也不会再有了。"

二哥："咋这么说呢，以后说不定可以让你继续研究呢。"

姐夫："像你们东北人说的，那可不是吹糖人哟。知道吗，我为什么必须守住实验室，那可不仅是因为里面有国家花上百万外汇买回来的仪器，主要是因为那里面有我们十一年的研究数据！唉，全让他们给毁了。仪器可以再买，数据永远不会再回来。无法弥补，无法弥补哇……我本来应该和那些资料一起死掉，可我舍不得你们香姐和孩子。告诉你们，我是个孤儿，朋友也不多，你们香姐和孩子是我活着的唯一理由。"

大哥："姐夫，为了实验室你差点儿把命搭上，你真了不起。我们全家都很佩服你。"

姐夫："哪儿的话。谁都会那么做，换了你和立人，你们也不会任由那群龟儿子把你十多年的心血毁掉。你们也会那么做。并且你们比我年轻有力气，说不定能抢回一些资料。唉，说这些还有啥子用嘛，我不还是没保住我的实验室。"

那一刻，这个身材矮小、性格毛躁的南方人在我心里变得异常伟岸敦厚。我方明白为啥身材窈窕、长着一双会说话的杏核眼的香姐会嫁给他这个高度近视、其貌不扬的四川人。

秋天到了。燕子集体飞走的那天大哥出发了，背着我妈新做的那套最厚的棉衣和老孟大爷给买的狗皮帽子。他眼睛的伤口早已痊愈，但视力永远无法恢复了。娟子来了，把她亲手做的一副灯芯绒面的棉手闷子塞进大哥的背囊。大哥还是对人家不冷不热的，我看着都不忍心。

从那天起，爸妈对儿女的牵挂延伸到了千里之外的北大荒。北大荒，这仨原本陌生的汉字从此时常出现在我们嘴边。跟小孩们吹牛时我会说："我大哥去北大荒的部队了，那里老好玩了，野鸡都能自己飞到饭锅里去。"其实，一直到上中学我也没弄明白北大荒究竟是一个什么样的地名，是一座山呢还是一个县、一个市呢。就连"野鸡飞到饭锅里"这句话我也一直没弄明白——野鸡为啥要自己飞到饭锅里去呢？是饭锅里的香味引诱的吗？还有大哥在信中说"捏把黑土冒油花，插双筷子也发芽"这句话也很让我纳闷——筷子咋就能发芽呢，这不是变魔术嘛。根本没有理解那其实都是极言北大荒物产之丰富。

但不管怎样，通过大哥在信件里的描述，我大致知道那里是一处天堂般寂静富庶的所在，是绝对值得我向同伴们炫耀的地方。特别是，大哥说光他们连就养了好几十口大肥猪，个个三百斤以上，馋了就随便杀一口，五花肉切成手掌那么厚的大片，炖酸菜，当地话叫管够造……正月时我妈也只舍得往一大铁锅酸菜里放一小捧切成薄片的猪肉，全家人每人能摊上两三片就不错了，还绝对不许专挑肉吃，必须按祖辈的规矩，只能在靠近自己的碗边下筷子。大哥寄回的照片证实了他绝对没有吹牛——照片中的他胖了一圈，长方脸都快成圆脸了。我那个羡慕，常幻想大哥带我去他们那儿，守着一大铁锅猪肉炖酸菜管够造。

还有，大哥说他刚去两个月就提拔了，是副排长！我自豪得都别提了。虽然我知道大哥并不是去当兵，但看到大哥寄回的那张题了"并肩战斗在北大荒"八个字的照片后，我觉得他跟真正的解放军也没啥区别——他们都穿着和解放军战士差不多的衣服，还扎着腰带，就差没拿枪了。那张照片是大哥和两个同学在一台联合收割机前的合影，大哥站在前面，那两个同学坐在收割机上，已经穿上棉衣的大哥更显高大魁梧。照片的背景是低矮的流云和广袤的农田，遥远的地平线钢尺一般笔直。深秋的夕阳照着他们年轻健康的脸膛，他们每个人都挺胸收腹，戴着狗皮帽子的头使劲昂着，笑脸和因光线太强而眯缝着的眼睛宣示着他们的青春和快乐。

本来我妈一直担心大哥去那个据说遍地都是狼，冬天能冻掉脚指头的地方会吃苦，看到这张照片后她放心了。她端详照片中的大哥，念叨："这立家子，咋胖成这样啦。"第二年秋天大哥邮回来的一大箱子土豆更是让全家欣悦无比。没见过那么大那么匀溜的土豆，上面沾着的黑泥肯定就是那能攥出油的沃土。我妈像给邻居街坊送海货一样，三个两个地分给大家尝。"尝尝吧，这是我们家老大从北大荒邮来的。"千万不要以为三两个土豆拿不出手，在那物质极端匮乏的年代，家里来客人能炒上一盘土豆丝，已经是极有面子的"细菜"。并且大哥邮来的这土豆，每个足有一斤多，一个土豆能炒出上尖一大盘子土豆丝。那段时间，大哥的来信和邮件成了家里人特别的期盼。

四十年后大哥才在他的回忆录中真实地描写了北大荒岁月的艰难。当年他们到达农场没几天就去小兴安岭砍伐全连一年的烧柴，腊月二十九才下山。下山时拆掉地窨子，才发现他们睡的地铺下面竟是一直没有融化的冰坨子……他们十一个男生为抢收麦子误入沼泽中的"浮岛"，险些全部葬身沼泽。那两年的时间里，他们干遍了农场里所有的农活，一眼望不到尽头的松嫩平原，他们在烈日下搒豆子，干到天黑也搒不完第二条垄；割麦子割豆子，累弯了腰扎烂了手；长时间接受强烈日照，让他有伤的右眼视力愈加下降，打靶时右眼一片模糊，只能改用左眼瞄准左手击发……这些，大哥在他所有的信件中只字未提。作为一个长子，一个孝子，大哥给我们这六个弟弟妹妹树立了"出门在外报喜不报忧"的楷模。

若干年后，大哥送我上大学时这样嘱咐我——"出门在外纵有千般苦万般难，给家里写信时也只能报喜不报忧。咱只能让爸妈跟咱们分享喜悦，不能再让他们替咱们担忧。"

对于北大荒的这段经历，一生都以正能量激励自己的大哥把它当成是值得珍惜、值得珍藏的人生体验。他对我们这些弟弟妹妹和他的儿子雷杉女儿雷玉说："没有亲身当过农民的人，绝对不会知道腰是怎么累弯的。当然也就体验不到汗滴禾下土的那份艰辛和劳动成果的来之不易，和农民也就不会有真正的感情。可惜呀，你们不会有这样的机会啦。"

在北大荒期间大哥只照了那一张"并肩战斗在北大荒"，大哥说"这也足够回忆时享用了"。

我保存着好几封大哥当年的来信，那上面的邮戳定位了他们农场的位置——讷河镇。那里地处小兴安岭南缘，讷谟尔河左岸。距离最近的村镇，就是这个后来纳入齐齐哈尔市下辖县级市讷河市管理的讷河镇，现在打出的招牌是"中国土豆之乡"。

姐夫回四川后不久香姐重病住进了医院。知道消息的老孟大爷也一病不起，卧床三个月后去世了。北京的庆琴大姐一个人回来料理丧事，香姐都没能回来奔丧。她病了两年，后来她跟我们说，要是没有姐夫悉心照料，她早就随老孟大爷去了。

老孟大爷最后这三个月时光是我们一家人陪伴和照顾的，他临终前跟我爸说："兄弟，哥再也帮不了你啥了。我家孩子们眼瞅着顾不到这儿，他们也不可能回来住。这房子和这院子从今儿起就归你了。别提钱，哥求你了。你要是不在这儿住，这房子不被他们拆了也得荒喽。死过人的房子晦气，以后条件好了可以翻盖一下这正房，立家结婚就住这儿。"

第九章

　　十年过去了。这十年当中我们没有搬家。我爸说咱们得帮你香姐他们守好老孟大爷这份家业。我家从老孟大爷去世开始终于有了一个存折，每年，我爸都会往这存折上存入当年的房租，他说这个存折给你香姐留着。

　　我的个子长得很快，身高直追大哥，体形也变得粗壮。我妈说，没想到这立忠子黄皮寡瘦的也能出息得跟他大哥似的，真好。我爸对我的态度也有了变化。他最看不上男孩子干啥不像啥，而我以前细胳膊细腿的干啥都费劲，所以我爸很不待见我。现在每看到我不费劲就能扛动两袋面，他那眼神就跟以前不一样了。我接收到了这份变化，心里很自豪。尽管他并没有对我说过表扬或赞许的话。

　　我爸多了一个好朋友老魏二叔。他是镇派出所的民警，和我家是威海老乡，老家相距还不到五十里。他和我爸特对脾气，没事就到我家来跟我爸唠嗑。

　　大哥结束了两年的农场生活时有两个选择：一是分配到南京的一个电机厂，二是入伍。大哥选择了后者。

　　北大荒的这个农场隶属于沈阳军区，根据国防建设的需要，那年部队要在农场的大学毕业生当中选拔一部分表现优秀且专业对口的学生入伍，大哥在名单之中。大哥得知入伍的去向主要是辽西锦州一带后，啥也没说就选择了入伍。大哥在锦州服役六年，1976年以正连职转业到地处我们车仗子镇的国营冶炼厂，任二分厂技术员。到家门口当兵和回家门口转业，都是大哥刻意的选择，他要留在爸妈和我们身边，尽长子的责任。

从他入伍挣工资开始，他就把几乎全部的收入都交给家里，和娟子姐结婚之后，他们两口节衣缩食也要把近一半的收入交给我妈。一直到大侄儿雷杉出生，才改为每个月交给家里十元钱。

其实，大哥在大学时搞过一个对象，是同班同学，上海的，文静聪慧，女追男。由于我家的规矩之一就是上学期间不许搞对象，这也是大哥二哥上大学时爸妈对他们的第一条嘱咐，所以大哥没敢跟我爸讲这件事，全家只有我妈知道。当时大哥把那同学的照片给我妈看了，我妈说："这姑娘肯定是好姑娘，不然你不会跟妈说这事。可你知道为啥我和你爸不许你们在学校搞对象吗，就是因为你的工作、前途还都没有着落，你还没有能力为人家女孩负责，所以这件事你得先放下。如果你真想和她好。那就等你参加工作之后再说，这事还不能让你爸知道。"

这就是为啥我妈对娟子家不做回应的原因。其实爸妈都特喜欢娟子，但他们不想在儿子还没有稳定的工作时把女方的命运拴在自己儿子的身上。尤其我妈还知道有另一个姑娘喜欢大哥。

大哥的那个同学被派到云南的农场，一年后分配回上海。就在他们这对关系尚未确定的男女朋友几乎铁定要没戏的时候，上帝干预了——分配方案上大哥的去向是"南京微电机厂"……大哥拒绝上帝的安排之前那女同学就曾这么跟他说："雷立家呀雷立家，不是我要跟你在一起，是上帝要我们在一起呀。"

上海的同学嫁人之后大哥开始和娟子姐交往。

103

娟子姐一直保留着大哥为她剪下的辫子。结婚时大哥送给娟子姐一台有机玻璃外壳的透明半导体收音机，那是他亲手装的。他说，这台收音机他毕业时就装好了，当时就计划送给以后的媳妇。他说，其实他早就喜欢娟子姐。

娟子姐送他的那副手闷子、这台收音机和娟子姐那对大辫子，作为他们小家的三件宝，被永久保留下来。

他们结婚的新房是在镇子东头租的。娟子姐到底成了我们的大嫂，但我们这些小的一直没有改口，到现在也还叫她娟子姐。不光如此，后来进门的二嫂三嫂我们也都称姐，再后来，老六称我媳妇、老五媳妇都是姐。

这之后二哥三哥相继成家立业。

二哥在盘锦"接受再教育"一年后和大哥同期接受安置。填报志愿时他选择了西北，被分配到甘肃兰州的一家企业医院。二嫂刘辉是他们同医院的大夫，西北当地人。

三嫂秦玉珍的父母是来自山东即墨的渔民，珍姐在龙背岛长大。她和三哥结婚时还是龙背岛渔场的补网工，后来进入镇办童装厂轧缝纫机。三哥和珍姐婚后就住在我家里屋，一直到我家盖了地震棚。

1975年春节前的一个晚上，震中在海城的大地震呼啸而至。瘆人的地声和剧烈的震颤中，正在外屋地帮我妈包黏豆包的三哥冲进里屋，抱起炕上的雷杉就往外跑。跑到院子里才想起自己不到一岁的儿子雷波还在里屋的炕上，就又返回屋里去救雷波……那时房顶的瓦片噼里啪啦地往下掉，烟囱都震倒了。

危急之中首先想到的是自己的侄儿，这件事让大哥和娟子姐永生难忘，也让我们家族成员和左邻右舍都对三哥肃然起敬。雷波长大后曾不止一次地和三哥开玩笑，说，爸呀，我到底是不是你亲生的呀。

第九章

海城地震后中国北方几乎家家盖地震棚,我妈跟香姐联系过之后也在院子里盖了一个。那时候瓦匠很吃香,我妈是帮完了这家帮那家,到我们自己家盖地震棚时,她已经帮过十多家街坊。我家这地震棚由我爸设计,我妈主铲砌筑,我们几个小的捣泥搬砖打下手完成的。对了,从小就崇拜我妈瓦工手艺的我已经得到她的部分真传,施工中有些不甚重要的部位是我操作的。地震棚用木架竹劈子做框架,外面抹上沙泥砌上砖头,里面盘上炕抹上白灰,既防震又保暖。但它毕竟是地震棚,毕竟低矮狭小。

三哥和珍姐从此搬入这个低矮狭小的地震棚,一住就是很多年,一直到我爸分了房子。

我妈的单位房产工程队后来到底黄了,绣花的活儿也因为"破四旧"而断了。为生计,妈在老六稍大一点儿后开始琢磨做糖葫芦,这一干就是很多年,直到后来二轻局聘她去高桥、南票当绣花师傅。

二哥分到甘肃之后,由于工作忙走不开,加之经济条件所限,几年都难得回家一次,所以我们跟二嫂辉姐的接触不多,但她跟我们的感情一点儿都不含糊。辉姐的脾气好,有耐性,这位妇科医生每次回来都会慢声细语地给我们讲西北的风土人情和趣闻,我现在都还记得她教的那些兰州和宁夏方言。大家都很喜欢她,只怪她离得太远,不然我们肯定也敢像跟娟子姐和珍姐一样跟她放肆地磨人加撒娇。二哥后来曾有机会去北京工作,但为了照顾辉姐的父母,他放弃了。

娟子姐没有辜负我的期望,成为我们的嫂子后对我爸我妈和我们这些弟弟妹妹那绝对是十个头的。大哥家离我家也就几十米的距离,我们没事就往大哥家跑,因为只要我们去了,娟子姐肯定会给我们弄好吃的。我大姐更是过分,仗着她跟娟子姐好,竟常常住在大哥家,把我们哥仨那是羡慕嫉妒得呀。还别说,我们哥仨也都没少住大哥家,特别是惹了祸弄脏了衣服时,去大哥家避风头绝对是最高明的选择。娟子姐会劝我妈别打我们，还会把我们的脏衣服洗得干干净净。那年冬天老六的"棉裤事件"就是个极好的例子。

别看老五外表文文静静像个大姑娘似的，其实他最蔫淘。我带他和老六出去玩时，要说胆大调皮的老六惹了祸谁都相信，可要说罪魁祸首往往是老五，那可谁也不相信。到最后挨训的肯定还是我这个当哥的。那年冬天，已经有了一些手艺的我给五岁的老六立本做了一个钢筋当滑轨的大冰车，把早就希望拥有一个属于自己的冰车的老六稀罕得一宿都没睡。

第二天一大早小哥仨抱着冰车去河洼一试身手。我和老五滑的是难度最高的"单腿立"蹲式冰车，三哥给做的。这种单刀冰车不好操控，但机动灵活速度快，是冰车中的跑车。我那时滑冰车的水平已接近大姐之跳皮筋的程度，嗖嗖地滑得老潇洒了。尤其是拐弯急停时，单侧冰锥子那么一点，身子一偏，冰面上留下一道完美的海螺纹弧线，人和冰车随即戛然而止……那时旁边若有小丫头，肯定会有回头率的。

老六这种双滑轨跪式的冰车属初级阶段起步车型，就像大姐她们的双腿蹦儿，只适合学龄前儿童玩。老六这小子从小就贪心，我辛辛苦苦给他做的这新冰车还没滑几圈，他就看出我和老五的"单腿立"比他的潇洒，非得要和老五换（肯定是没好意思磨我）。我说："你还小，腿没劲，立不住这单腿的冰车，等你明年长大一点儿四哥再给你做新的不行吗？"老五更是以理服人，说："你这大冰车比我们的稳当多了，你看那边的大冰缝子，我这小冰车根本过不去，你的一出溜就过去啦。"说着话一点冰锥子冲向冰缝，当然没过去，很夸张地摔倒。他躺在冰上招呼老六过去，老六不情愿地滑过去，还别说，一拃宽的冰缝子一出溜就过去了。老六乐得，开始专找有冰缝有沟坎的地方玩。我知道这样做危险，及时给予纠正，告诉老六要远离冰缝和沟坎，不然掉冰窟窿里可就完了。老六还算听话，没再踅摸这些地方。

半个小时后出事了——老六没忍住想向小伙伴炫耀一下过冰缝的技艺，结果掉冰窟窿里了。我本来一直盯着他来着，停下来处理衣服上的冰溜子时他掉进去了——我常年穿三哥穿剩下的衣服，肥大，蹲着滑冰车时后衣襟当然耷拉在冰面上，滑的时间一长，后衣襟上可就冰坨子冰溜子挂一大嘟噜，需停下来敲打处理，不然回家肯定得挨骂……我发现时老六下半身已经全没在水中，正使劲往外爬。我吓得连跑带爬地冲到他跟前，和大家一起往外拽他。这个冰窟窿正处在当年二哥沁鸡的位置附近，离岸边倒是不远，但这里的水最深，夏天水大时差不多能有两人深。冬天时这里常有人来凿冰窟窿钓鱼，这个冰窟窿肯定是他们留下的。老六命大，我们没几下就把他给拽上来了。他倒好，一点儿没害怕，上来就找冰车。冰车当然还在，可他腿上的棉裤全湿透了，这可咋办。

老六不一会儿就冻得直打哆嗦，我说："咱们赶快回家吧，回家大不了挨顿打，可总比在这儿冻死强啊。"

老五说："我有办法，咱把立本的棉裤脱下来烤干不就完了。"说着话掏出火柴。那年代小孩兜里都不断火柴，放炮仗、烧毛豆、熏'豆杵子'啥的用得着。

我说："咋烤哇，还不得把裤子给烧着了呀。"老五说："你没看电影里咋烤衣服吗，没事，我会整。"

我听了他的意见。一帮小孩不一会儿工夫就去树趟子里搜集了一堆干树枝，老五搭起一个人字架，把老六的棉裤搭上去，开烤。我把棉袄脱下来给光腚的老六裹住腿。老六已经冻得嘴唇青紫。

然而那年代的棉裤可都是亲妈做的，用料还都是纯棉花桃子……老六这条厚棉裤足浸了有好几斤水，哪能像电影里演的那样轻易就能烤干。见棉裤老半天没干，老五有些气急败坏，把棉裤往火堆前凑了凑。有效果了——棉裤冒出很强的水蒸气，可很快也冒出了蓝烟！老五赶紧抓起一把雪往冒烟的棉花窟窿里塞。

坏了，惹大祸了。老六这条棉裤是我妈今年新给做的，裤面是那年代很少见的宽条米色灯芯绒……我一时间只觉得天旋地转。这可咋向我妈交代呀！老五知道自己惹了祸，一边继续拿雪团灭火，一边皱着眉头想主意。老六埋怨他："都怪你，听咱四哥的好啦。等着吧，回家咱妈不得把咱们的屁股打开花才怪呢！"

灭火完毕的老五有主意了，他说："看来咱们只能去找娟子姐想办法了。"

嗨，已经十一岁的我还真没有比我小三岁的老五有主张。去大哥家不就完了，娟子姐肯定会帮我们的。

于是我背着老六，老五抱着三辆交通工具和那条棉裤，哥仨奔了镇东头大哥家。走的时候还不忘嘱咐一起玩的小连子他们——回去后千万不能往外说今天发生的事，不然我们哥仨挨打事小，大人们再不让大家来河洼滑冰车事大。

那天，娟子姐打发我和老五回家，教我们跟我妈说她想老六了，留他在那儿住。

那晚，我们的大嫂连夜给五岁的小叔子新絮了一条棉裤。裤面是同样的布料——我妈买的这块布料本来是想让娟子姐自己做件半大衣的，娟子姐说我做一件上衣就行，多出的布可以给立本做条裤子。

虽然我不知道娟子姐那晚一针一线地做到几点，虽然没几天我妈就从针脚上看出来那棉裤不是她的针线活，虽然，知道了一切的我妈按娟子姐的意见并没有责骂我们，但是，这件事却成为我们记住娟子姐的标志性事件，它牢牢地印在我们哥仨的童年记忆中。小时候也听说过老嫂比母这句话，但不当回事，长大后才明白原来自打娟子姐进门，我们几个就已经把她当成我们的另一个母亲。而她本人做得也绝对像一个母亲，只不过比我妈惯着我们。

第九章

不光是娟子姐，珍姐也是一样。

珍姐是个爽快又泼辣的人。她继承了山东妇女的优秀基因，特能干特勤快。她虽然个子小点儿，还稍微有些胖，但长得比娟子姐还漂亮。她第一次进我们家门的时候，我和老五正在院子里扫雪。记得她和三哥都穿戴得整整齐齐，还都扎着同一颜色和规格的围脖，用现在的话讲是情侣款。我妈说你们哥俩别扫了，进屋来看看吧。我们俩非得要扫完了再说。其实，我们哪能不想好好看看未来的三嫂，只是小孩子见生人有些害羞。珍姐这人特讲究，没多大工夫就出来了，往我们每人嘴里塞了一块花生奶糖，老甜了。还跟我们唠嗑，一唠就是好半天。哈，许多年后珍姐才道出原委。她说当时我妈坐在她对面，不错眼珠地上下端详她，把她看得脸都红了，实在坐不住才到院子里跟我们这俩小屁孩唠嗑。珍姐说这话时我媳妇顾冬梅击掌附和——"珍姐你说得太对了，我第一次进门时咱妈那把我端详得，啃，看得我心里都没底呀。尤其是咱家老的小的那可是满当当一屋子人，十几双眼睛盯着你看，咱一个大姑娘家家的，哪受得了哇。"

记得珍姐进门后不久我妈逗我："立忠子，你长大了想找啥样的媳妇哇？"我张口就来："就找我珍姐这样的！"把三哥和珍姐美得够呛。

珍姐她妈死得早，她是家里独生女。进门那天她就跟我妈说，妈，以后咱俩就是亲娘俩。我当时还怀疑她是在说客套话。之后的漫长岁月证实了珍姐说的是掏心窝的话。她和我妈处得真就跟亲娘俩一样，或者还可以说，我妈得我珍姐的济比得亲闺女我大姐的都多。这话是我大姐自己说的。

三哥是我们家兄弟姊妹七人当中唯一一个婚后和父母共同生活的孩子，珍姐进门时家里共有我们四个未成年的弟弟妹妹，她生雷波之前等于是在协助我妈抚养我们这一大群孩子。她还得去渔场补

109

网，每天累得腰都直不起来，手上勒得一道道口子。她回到家扔下自行车就帮我妈烧火做饭，没有一句怨言。她的闺密曾问她为啥非得嫁给老雷家这一大窝孩子的穷人家，她回答得十分霸气——"老雷家现在穷，以后肯定不会穷；雷立国是个子不高，可整个龙背岛找不出第二个比他更厚道孝顺的人，嫁给他是我的福分。"

我们家这六个儿子，在老六娶媳妇之前，只有珍姐享受了一千元的"彩礼"，其余包括娟子姐在内的四个儿媳妇都是五百块钱娶进家门的。我妈说，咱家就数立国玉珍最苦，爸妈没能耐，有能耐的话再多给他们点儿兄弟妯娌们也不会挑理。至于老六结婚时家里给得多，那是因为时代和我们家的条件都变了，我们家里已经有能力给老疙瘩操办体面的婚事。

那时候呢子大衣是奢侈品，我妈老早就想给珍姐添置一件。1980年到1983年间我妈去南票当绣花师傅，工资虽不低，但没黑没白的十分辛苦，常常几个月不能回家一次。她在外面省吃俭用，第一年就给珍姐买回一块当时最好的灰色雪花呢子，让她做大衣。珍姐捧着那上好的呢子都流眼泪了，可她说我这小个儿穿呢子大衣不得更显得矮呀，给立国做吧。我妈说立国子天天出海哪有场合穿呀，这是给你买的，必须你做。最后珍姐还是给三哥做了件半大衣。

珍姐补网时每个月能挣四十多块钱，她全部交给我妈，我妈不要，说立国的工资都交家里了，你的钱就自己留着吧，以后你们总得自己支门过日子，一点儿积蓄没有哪行。拗不过我妈，珍姐就把这四十块钱给我妈十块，自己留三十。

珍姐的性格可不像娟子姐那么温和，在外面谁要是胆敢招惹她那肯定就有麻烦了。珍姐进门之前王小春那小子常欺负我，我兜里的玻璃球杏核啥的他没少熊。有了珍姐之后这一切可就彻底改变了。

那天，我们一群小孩在街上打瓦。老五这小子聪明，小小年纪就总结出打瓦这游戏拼的不仅仅是技术，装备的优劣——也就是手里这块瓦的分量才是制胜的关键。啥东西既重又硬呢，当然是铁。他四处踅摸，终于在冶炼厂的垃圾堆里踅摸到一块两指厚、乒乓球拍大小的厚铁板。他把这块铁板在石头上打磨成圆滑的正方形，然后拿到打瓦场上实战检验。哇，啥叫锐不可当，啥叫所向披靡，老五这块铁瓦就是了。玩得正开心，王小春发话了，他说："小德子你这是玩赖，不许你用铁瓦！"老五不惯着他，说："事先谁也没说打瓦不能用铁的呀，有能耐你也去踅摸一块不就完了。"王小春现出无赖本色，说："小崽子挺牛哇，那好吧，把你的铁瓦给我吧。"我这当哥的就在旁边，哪能任由他放肆。我说："大伙接着玩，别理他。"

从小，我受到的教育都是好孩子不能骂人不能打架，我爸我妈更是把这种教育严厉到只要我们在外面打了架，不管是欺负别人还是受人欺负，回家一律再挨一顿打。老天在上，就我们家这些孩子，在外面不挨熊不挨打就不错了，哪还敢欺负别人哪。所以长此以往我们家的孩子就形成了这样一个心理障碍——一遇到冲突，哪怕自己有理，也会觉得自己理亏，也会担心回家挨打，进而放弃据理力争，放弃反抗。不管有多委屈多激愤，也只能以妥协和忍让来对待挑衅、对待侮辱。没办法，他骂你，你还口了就是骂人；他打你，你还手了就是打人。今儿个我说出的这句话，就是最典型的对待挑衅和侮辱的妥协回应。

然而挑衅者只会因对方的妥协和忍让而更猖狂。那王小春喊道："不许玩！看谁还敢再玩！"我说："你还想咋的呀，人你也骂了，你还真想把铁瓦拿走咋的？这铁瓦肯定不能给你。别惦记了。"这已经是我能说得出的最强硬的话了。老五天生不是懦弱的主儿，他抱住铁瓦，喊："王小春，咱这街上就数你不是东西，你快回家得了，我们好接着玩。"

作为这条街上一霸的王小春没想到会有人这么骂他，气得满脸通红。大概是掂量好如果动手去老五怀里抢铁瓦的话会很没面子，于是便冲我下手。他上来揪住我的耳朵，嘴里骂："不服是不？说谁不是东西！说谁不是东西！"

王小春长得人高马大，手也有劲，我使劲往下掰也没掰开。老五扔了铁瓦上来帮我，王小春一脚把他踹倒。

珍姐出现。就见她一把揪住王小春的耳朵，说："还反了你了，快把手松开！不然我把你这狗耳朵给揪下来！"

许多年后我都记得珍姐当时那表情。她嘴唇哆嗦着，美目圆睁，脸颊通红，似要撕了吞了眼前这个个子比她都高的坏小子。

王小春疼得松开手，现了原形，喊："妈！妈！雷立忠他嫂子打我啦！哇！"

满脸横肉的王小春他妈立马到位。跟往常一样，这老娘们儿不到他儿子吃亏的时候不会出现。这母夜叉显然尚不知我珍姐的厉害，加上她打遍全镇没遇到过对手，所以根本没把个子不高的珍姐放在眼里，一路狂号着扑将过来。扑到半道时被珍姐给喝住了。

珍姐喝道："你给我站那儿，再往前走一步我就把这小子的另一个耳朵给咬下来。"说着话一薅王小春的头发就把他的另一只耳朵叼在嘴里。

这王小春他妈是有名的护犊子，心疼得连拍大腿带蹦高，可就是不敢再往前走半步。

珍姐说："你家王小春欺负我们家立忠立德不是一天了，今儿个我给你新账老账一起算。来，立忠子，他刚才咋拧你耳朵来着，你照着样拧他！"

我没见过这阵势，很害怕。虽然我很想听珍姐的，但这种以暴制暴的方式显然跟爸妈一贯的教育相悖，我要是真的上去拧王小春耳朵，爸妈得多生气多失望啊……我犹豫的工夫，珍姐骂道："你个废物点心，怕啥！还怕他再打你咋的。没事，过来，我今天就给他去去根儿，让他再也不敢欺负你们！"珍姐心恨手重，王小春的耳朵都快被拧下来了，他求解脱似的冲我喊："让你拧你就拧呗，快点儿啊！哇！"

那边王小春他妈捶胸顿足地号："来人哪，杀人啦！老雷家杀人啦！"看热闹的倒来了不少，可没人帮她，她家人性不好。

我终于嗫嚅着说："我，我怕咱爸咱妈打我。"珍姐说："没事儿，咱爸咱妈那儿我替你说。"一听这句话，老五嗖的一声蹿上去拧住王小春的一只耳朵，边拧边说："珍姐你早说不就完了。"

珍姐冲着王小春他妈说："看着了吧，立德替他哥拧了。你们家占便宜了。"王小春他妈终于明白遇到茬口了。

那天，一直到珍姐松开手把王小春推开，那个护犊子的母夜叉也没敢上前跟珍姐动手。只是远远地喊："你们家护犊子！"珍姐说："你知道就好，以后离我们家孩子远点儿！"

珍姐一手一个拉着我和老五往家里走时，她的手在狂抖。走不多远她就哭了，边哭边抽泣着说："你们俩呀，咋这么胆小。记住喽，该打就得打，该骂就得骂，看对谁。对付日本鬼子你还能打不还手骂不还口吗？记住喽，光学习好没用，没有胆儿的男人没出息。"

珍姐的这句话几乎颠覆了我十多年间所接受的教育。特别是她的那句"光学习好没用，没有胆儿的男人没出息"更是成为我在这之后纠正自己性格中软弱部分的座右铭。

珍姐的颠覆还在后面。那晚，听说了白天事情的我妈让我和老五站在地当中，攥着笤帚疙瘩开始训我们，没训几句珍姐就说话了，她说："妈，我不同意你和我爸的观点。教育孩子好好学习、讲道德守纪律有礼貌这都没错，但不能让他们在外面挨熊受气。我听说过去咱家的孩子本来在外面被别人给打了，回到家大人还得再打他们一顿。这公平吗？我要是坏孩子以后就专打咱家的孩子，不打白不打，打了也白打呀。咱家大人还帮着打呢。这样下去咱家孩子还能有出息吗？要我看，一个受气包就算学习再好也不会有大出息。"

"珍姐万岁！我珍姐说得太好啦。妈，以后我跟我四哥去收拾王小春你可不许打我。"五岁的老六跳着高喊。他虽人儿不大，可平时在外面打架最多。仗着他是老疙瘩，回到家我妈是骂的声儿高笤帚疙瘩落下的力度小，基本上连衣服上的尘土都敲不起来。像今儿个这样敢于在如此严肃之场合插大人的嘴，借我和老五俩胆儿也不敢。

"大胆！你还敢插大人的嘴。还反了你个小东西！"我妈边骂边抬手给了他两笤帚疙瘩。这两下可使真劲了，老六疼得闭了嘴。

我妈这两句话有一半是说给珍姐听的，这两笤帚疙瘩也基本上是打给珍姐看的。可珍姐不愧是珍姐，依然理直气壮的，一点儿也没表现出胆怯和羞愧不说，看那架势还远没说得过瘾呢。

我妈沉着脸说："王小春他妈满大街喊咱家护犊子呢，你说咱们家也不是那样的人家呀，这传出去多不好。咱家祖辈没这门风啊。"

珍姐说："妈，没事儿。到底谁护犊子全镇的人都知道。你从来没护过孩子，今儿个是我这当嫂子的替小叔子出头，跟你没关系。以后王小春他妈我来对付，我保证不跟她打不跟她骂，还保证让她不敢再胡作非为。妈，你心忒善了，人善被人欺马善被人骑呀。恶人就得恶人降。你儿媳妇肯定不是恶人，但我能降得住她。"

我爸一直拉着脸坐在炕头没吱声。如果没有珍姐在场，他当然是跟我妈持同一立场做同一表态。尤其是听到自己孩子在儿媳妇的怂恿下竟然拧了邻居孩子的耳朵……可是作为老公公他显然没法动怒，只能听任珍姐越说越激动。

"爸，妈，我得给你们提点儿意见。以后可再也不能那样教育孩子啦。他们是男孩,得培养敢作敢为、敢拼敢闯的劲儿,不能缩手缩脚见硬就回。爸,妈,我不是想让咱家孩子一个个都变成打架斗殴的,我只是觉得你们二老把孩子们管得太委屈了。那样的话整不好他们长大了也就是个唯唯诺诺吞吞吐吐的书呆子。"珍姐说。

珍姐的话说到了我和老五的心坎里,她说的其实都是我们想对爸妈说的!可我们哪敢说呀,别说我们俩,就算大哥他们也从来不敢说。我忍不住流下委屈的泪水,老五也一样,哭得直抽搭。看我们哭,老六也跟着干打雷。

作为一个儿媳妇,敢于这样跟公公婆婆说话的不多,尤其是在我们这样的家庭。可见,珍姐不是一般的儿媳妇。还好,我爸的脸色逐渐平缓。显然,他认同或部分认同了珍姐的观点。珍姐说到最后也哭了,我妈陪着哭,再没有说反对的话。

事实证明,珍姐的确是一个不一般的儿媳妇。从这往后,爸妈部分地默许了珍姐的观点。而这份默许,正面地鼓励了我们哥仨。有了这份鼓励,今后再面对欺辱和伤害时,我们可以底气十足地维护自己的尊严和安全。这份变化造就的气场很快就扭转了一些事情,最立竿见影的是王小春那小子再也不敢在我们哥儿几个面前嘚瑟了。他妈虽然还是母夜叉,但真就按珍姐说的学乖了,见到珍姐和我们哥儿几个都是客客气气的。懂得了团结就是力量的我和小连子这样常受欺负的好孩子们结成联盟,一遇到坏孩子挑衅,我们立马一个不少地挺着胸脯迎上去。效果好极了。

珍姐给三哥生了两个儿子,雷波和雷涛。这俩小子继承了他爸的勤劳孝顺和他妈的侠肝义胆。两人学习都很一般,没考上啥,但都有朋友有事业,有很好的收入。他们小家过得有声有色不说,对三哥珍姐照顾得更是大学毕业的也不见得能做到他们的十分之一。三哥四次犯脑梗,如果不是他们哥俩及时送医并悉心照料,不可能做到一点儿后遗症都没留。三哥的语言功能和识字功能现在全部恢复,每天依然可以去公园玩剑打太极。还可以说,要不是有这样的好儿子,三哥命再大也死好几回了。珍姐用她培养出来的两个儿子证明了她育人观的成功。

证明珍姐育人观的还有我家老六立本。虽说虎生三子必有一彪,老六天生是个不安分、不好管的主儿,但"扭耳朵事件"之后我家对孩子的管教方式有所修正,肯定也是老六的个性得以发展,并最终出息成和哥哥姐姐们都不一样的人的一个重要原因。这功劳当然在珍姐。

虽说顶撞过爸妈,但珍姐的孝顺贤惠爸妈心里最有数。爸妈不是那种不开明的封建家长,那件事过去了也就呵呵一乐完事了。那之后我妈对珍姐说:"你个丫头片子,还真厉害。给你和立国子介绍对象时有人跟我说你是龙背岛上有名的小辣椒,我还不信呢。"珍姐逗我妈:"看看,后悔了吧。来不及啦,嘻嘻嘻。"

有娟子姐和珍姐这样的嫂子是我们的幸运。那时候珍姐补网用的空梭子都是晚上回到家里上满鱼线。每到傍晚,我们全家围坐在院子里,边听我妈讲故事边上梭子。我们小孩上梭子珍姐还会给一定的报酬。我妈的故事从小到大我们听过无数遍,都听腻了,非得吵吵着让娟子姐和珍姐讲。她俩却要听我妈讲,说爱听咱妈的口音,不好玩的事儿让咱妈一讲也好玩了。我妈说,我说的可都是普通话呀,有啥好玩的。她们俩便咯咯地笑个没完。我妈说,看你们两个少教的丫头,还敢笑话老婆婆!间或,娟子姐珍姐也讲故事讲段子,珍姐讲的都是笑话,像傻姑爷子系列呀、笨财主系列啥的。娟子姐讲的多是顺口溜、绕口令。

那时节,夜幕低垂,岁月静好,竹劈子门内笑语飘荡。这笑声无关贫贱,无关长幼,只关乎亲情和明天的希望。

第十章

　　大姐1974年初中毕业下乡。1977年，作为青年农场工业排排长的她被推荐上东北农学院。这一年是恢复高考的第一年，也是招收工农兵大学生的最后一年。

　　这本是天大的喜事，可大姐非得要凭本事参加高考。全家人没有一个不反对。原因很简单——推荐上大学特别是能上东北农学院这样的学校，是无数下乡青年的终极梦想，以后不会再有这样的机会。如今虽然多了高考这条出路，但没读过高中也没做过系统复习的大姐要想考上大学那肯定是希望渺茫。可是大姐决定的事任何人也不可能改变。我爸我妈清楚这一点，所以也就没死乞白赖地拗着她。何况，大姐明确地告诉家里，就算今年考不上，她也要继续补习功课，明年后年继续考，直到考上为止。

　　1977年12月，大姐考上大连的一所中专。虽然没有实现大学梦，但还是兑现了她要通过考试走进院校大门的志向。大姐当然可以放弃上中专，继续补习，以期来年考上理想的学校。但为了尽早减轻家庭的负担，也因为这所中专是全免费高助学金学校，她还是决定放弃大学梦想上中专。大姐在大连读书期间省吃俭用，基本不用家里拿一分钱，毕业的前一年还利用课余时间揽些预算的活儿，挣的钱都邮回家里。

大姐毕业后分在大连一家国企的计划科。姐夫肖长春和她在同一家企业，电工，上海人。沿袭家里的传统，我们叫他长春哥。这么称呼这位亲姐夫，正好避免和香姐家的秦姐夫弄混淆。长春哥老实本分还多才多艺，他对我们这些小舅子那是没说的。给我印象最深的是，我和顾冬梅去大连旅行结婚时住在他家，见他家左一个右一个没见过的新奇玩意儿，我忍不住爱不释手地逐个把玩。长春哥当时说了一句："我家里你喜欢啥尽管随便拿！"就这一句话，让我对上海男人的偏见一扫而光。长春哥可不是说说而已，当时我把玩最欢的是一个进口的车载便携式吸尘器，他出国做劳务时买的。他不由分说便把这件十年后才能在国内商场买得到的小家电塞进我的提包。

这个吸尘器使用直流电源，姐夫本来给它配了一个电源，是一个塞满铜线圈的小木盒，平时我使用时都是先把吸尘器接到这小木盒上再插电源。让人十分心疼的是，那天大哥的儿子雷杉来我家玩，趁我们没注意，直接就把吸尘器插头插入墙上的220伏电源，结果噗的一股黑烟，这件念想物就这么报废了。

长春哥性格温和细腻且厨艺一流，这正弥补了大姐的不足。大姐在外面那是风风火火拿得起来放得下，在家里未免有些粗粗拉拉毛毛糙糙。她家务干不太好，长春哥也不指望她。就连对外甥肖晓曦，从接送上下学到补习功课，再到每天盯着练小提琴，都是长春哥一个人包干。这男主内女主外的家庭格局老和谐老稳定了。

1977年的高考改变了无数人的命运。宋大勇得知高考的消息后第一时间劝三哥复习备考，说："咱们学校就数你学习最好，这回总算有机会啦。"三哥凄然一笑，说："大勇，考大学可不是吹糖人。我连初中都没念过，在船上这么多年整天起早贪黑哪有工夫学习，

第十章

想考大学那不是说梦话吗？唉，命运已经让我成为一个渔民了，改变不了啦。"

的确，这机会来得太迟。已经是两个孩子的父亲，双手已经被网绠磨得僵硬粗糙，腰背已经被十二年海上劳作累得过早弯曲的三哥是一个地地道道的渔民了。上学的梦想和当兵的梦想相继离他远去，对于命运，他已经没有尝试改变的冲动，尽管他才只有二十八岁。

放弃当兵机会的第二年，三哥上机船当二车，就是给大车打下手。这年秋天，他们这艘崭新的机船去复县打鲅鱼。船长叫崔良辰。宋金斗大叔也在船上，他是和三哥一起上这条船的。时代变了，渔场逐步淘汰只能在近海作业的风船，宋金斗大叔掌舵的那艘风船已经被拖上船坞等待被拆解。机船的船长和大车需要经过专门的培训，还得考取资格证书才能上岗。宋金斗大叔年龄大了，又没有文化，上机船当船长的可能性没有了。调整船员时领导征求他的意见，他说："雷立国去哪条船我就去哪条船，干啥都行，没说的。"他记着我爸的托付，要一直陪着三哥。领导尊重他的意见并照顾他，让他在这条新船上做饭。

如果没有宋金斗大叔，三哥的这条命肯定就在这次首航中被大海夺走了。

船在现在的瓦房店市西中岛的通水沟海域遭遇八级东北风。船长崔良辰把船顺风开往通水沟以南的棺材口码头避风。出事时三哥和船长在舵楼里——船长给大车发指令的电铃拉绳断了，三哥上来接。船后面的黑浪一个高过一个地往船尾巴上砸，三哥接好拉绳就要进机舱时崔良辰喊了一嗓子："立国，别回头！快抓紧门框！"一言未毕，一个丈把高的大浪铺天盖地砸到舵楼上……待浪峰过后，爬出前舱的宋金斗大叔赫然发现舵楼子不见了！光秃秃的甲板上只剩下崔良辰依然端坐在原来的位置上抱着舵把子！

三哥和舵楼一起被浪头拍到了海里。

如果不是抱着舵把子，崔良辰估计也得落水。

"立国掉海里啦！快救人！快救人！"宋金斗大叔冲崔良辰喊，边喊边踉跄着扑向船尾。崔良辰犹豫了一下之后给机舱里发出了减速掉头的信号——当时的情况是，如果掉转船头回去救人，整条船的人就得共同承担船毁人亡的风险；如果不减速不掉头，八级风中落水的三哥必死无疑。危急之中，得为全船人性命负责的崔良辰犹豫一下是情理之中的。

舵楼两侧本来各挂着一个泡沫救生圈，舵楼没了救生圈当然也就没了。宋金斗大叔跑到船尾的时候就见三哥在两个船身远的地方冒出了头。再找漂浮物来不及了，宋金斗大叔抓起缆绳，几把便在绳头挽了个大疙瘩，抡起来就要扔出时，又一个浪过来，掀得他一头撞在拴缆绳的柱子上，他一屁股跌坐到甲板，血顺着耳朵流下来。他顾不得这些，半跪着左手抱住柱子，右手使劲扔出了绳子。人跪着使不上劲，绳子落得太近，越漂越远的三哥够不着。"快掉头！快掉头呀！"宋金斗大叔喊。有其他船员爬着来帮他——他们不敢站起来，那意味着随时会跟三哥一样被浪头拍进海里。

船慢慢掉头了，极度倾斜差点儿让船倾覆。啸叫的海风吹得让人胆寒，天地间弥漫着毁灭的气息。船掉过头后宋金斗大叔猫着腰手扶船帮子往船头冲，脸上已经血葫芦似的。船接近三哥时他松开扶着船帮的那只手，挺身站立在船头，双手将缆绳在头顶摇了两圈后扔出去！

回忆这段经历时三哥说，当时就看见宋金斗大叔在船头摇绳子，心想无论如何得接住那根绳子，接住了就死不了。带大疙瘩的绳头在距三哥不远处落入水中，过去抓住它就可以活命。但双手去抓绳子就意味着要停止划水，人就会下沉，如果这一下没抓住，那就凶多吉少了。三哥说他坚信能抓住宋金斗大叔扔过来的绳子……他使劲扑到水里去抓,抓住了,他感觉到绳子在往回拽,拽到他重新露出水面时,他已经喝了很多海水,就快要憋死了。

后来是如何被拽上船的三哥记不清了。崔良辰船长事后告诉他,宋金斗大叔扔出绳子后身子悬空摔倒在甲板上,平衡的本能也没让他松开攥着缆绳的手……爬到船头的另几个船员和他一起把三哥拽了上来。

宋金斗大叔右手小臂骨折,脑袋被柱子撞开一道口子,缝了七针。崔良辰船长后脚脖子被舵楼上的玻璃划开一道很深的口子,后来进医院才知道跟腱断了。

三哥一直记着我爸的嘱咐——"如果穿水衩,必须把水衩下面的靴子剪掉。"他从上船的那天起就把水衩上的靴子剪掉了,落水时他就穿着这条水衩。

一条带靴子的水衩能灌进一百多斤海水,如果不剪掉靴子,三哥肯定活不了。

船修好后返回龙背岛那天,我妈领着三哥分别去宋金斗大叔和崔良辰船长家磕头。那时宋金斗大叔还打着石膏,崔良辰船长拄着拐杖。

我妈说啥也不让三哥上船了。她说饿死也比淹死强。三哥平静但坚定地劝我妈:"妈,就算我真的不想在船上干了,也得等十年后大家都忘了这件事。为啥呢,你儿子要是现在就不干了,那全天下的人都得说我是个胆小鬼,以后你就是有了孙子也会抬不起头来呀。"

我妈说:"立国子呀,妈管不了天下人,妈不能少个儿子呀。"

三哥在家歇了三天,天天劝我妈。我爸虽嘴上没说,但显然同意三哥的观点。从小我就听他说过:大老爷们儿的一张脸、一口气比啥都金贵,没了这两样,活着还不如死了。三天后的早晨,三哥像往常一样骑着自行车出海去了。寒暑易节，十年后他也没有离开龙背岛渔场。他是最后一个离开那里的——他一直干到这个渔场黄了的那天。

出事儿一年后，三哥离开宋金斗大叔这条船，去另一条船上当二车。

那条船上的二车本来是宋大勇。他脾气暴，船上的大车刘水发又是个不好伺候的人，常拿手下当孙子使唤，几次争吵之后宋大勇说啥也不伺候他了，宁可上岸当地工。地工的收入比船员差很多，宋金斗大叔骂他，可是没有用。三哥劝他，也没用。三哥便去找渔场领导，说我跟宋大勇换吧。领导说刘水发脾气可不好，你真要是去了可不能半道儿打退堂鼓。三哥说没问题，我跟谁都能处好。

就这样，三哥帮宋大勇保住了船员的饭碗，也结束了和宋金斗大叔同舟共济的岁月。他抱着狍子皮卷着的铺盖和宋大勇交接的时候，宋家爷俩抱着他一顿哭。

宋大勇后来早于三哥进入远洋船队，第一次去烟台回来时，给三哥买回一副羊皮里的大手闷子，他自己啥都没舍得买。

三哥以勤快和忍让感化了刘水发，他们处得一直还不错。后来，三哥被渔场派到王家窝棚的全省轮机长培训班进修了一年，学习四冲程柴油机驾驶与维修，结业后考取了250马力以下柴油机轮机长证书，成了龙背岛渔场最大马力远洋机船的大车，实现了他最初的愿望。

从长大了会割草开始，每年暑假我都带着老五和老六去龙背岛上住，一住就是小一个月。每天，三哥他们出海后我们哥仨去山坡割草。中午，山下食堂开饭的大铁钟一响，我们便收工吃饭。下午就是穿着小裤衩去水里疯玩。渔场食堂那世界上最好吃的大窟窿眼窝窝头、小杂鱼炖萝卜块喂得我们哥仨个个溜肥。一个暑假下来，我们连玩带闹也能割回一卡车草，足够家里一冬生火用。不过这点儿收获和哥仨获得的快乐、得到的锻炼比起来那肯定不算啥。龙背岛，是我们最美的童年记忆。

清晨，渔船起航前，渔场的海湾如桃花源一般静谧安详。丝般轻薄的晨雾飘浮在尚未醒来的沙滩上、轻轻悠荡的小舢板上。间或，几只早起的水鸟叽叽叫着掠过水面，那叫声在潮湿空旷的空气中慢慢传播、消散。

早晨的沙滩经一夜波涛的淘洗梳妆，饱满挺实的瓦楞纹细砂均匀细腻得让人都舍不得往上踩。沙滩上的小生灵早已醒来，仔细看，脚窝那么大的沙滩上就会找到无数它们存在的痕迹——螃蟹、海螺、愣巴鱼爬过的轨迹，蚬子、蚶子、蛏子、海花、沙蚕各不相同的呼吸孔……来不及随潮水退走的小鱼小虾更是俯拾皆是。日出前后，赤脚走过这片安静如史前的海滩，任大海深处飘来的海风吹拂你的胸膛，那可是一份不是谁都能享受得到的人生体验。

我爱闻海边那恒久不变的海腥味。海洋里所有的神秘和幽远都经这味道向人类转达，你永远也品不透、闻不够这味道。它会让你上瘾，让你痴迷。

狐狸们迁走之后，龙背岛成了野鸡、候鸟和野兔子们的天堂。它们不怕人，割草的时候兔子就在旁边直勾勾地盯着你看。毛虾丰产的年头沙滩不够用，虾皮晒得满山遍野都是，野鸡会成群结队大摇大摆地组团出来品尝，渔民们也懒得轰。

最期盼的是傍晚渔船归航。我们一如既往地坐在沙滩上，往东边的山嘴望。先是听到机帆船咚咚响，不一会儿第一艘船便露了头。这第一艘船往往是后面拖了一长串风船的"拖头"机船，后面的那些风船都卸了篷，因满载而吃水很深。大马力的新型机船通常是最后才出现，我们知道三哥就在其中的一艘上。和过去不同，我们现在可以尽情地可着嗓门喊："我哥的船回来啦！"三哥的那艘船

123

我们一眼就能认出来。最大最新不说，舵楼的正面还被三哥用红油漆画了一个大五角星。这是宋金斗大叔让弄的，说是可以保佑平安。我们再也不用靠寻找瘦小的前头来找三哥的船了，三哥在机舱里开船呢。

卸船开始。我们这些渔家子弟的狂欢也就开始了。那时候海富，不像现在的渔船出海一大天才打回来一水桶小鱼小虾。那时渤海湾的鱼汛汹涌绵长。不受污染、落后的生产工具、较少的捕捞人员……因为这些，才有当时的好鱼汛。大自然讲理，对待有节制的索取，它相当慷慨，对掠夺则另当别论。满潮时，满载而归的渔船直接冲滩，壮实的地工渔民用碗口粗的大竹杠子、可盛二百斤海货的大抬筐下水搬运。倒也不用走多远，煮虾的虾棚就离岸边不到五十米。这五十米之间还用两排竹竿子架起滑道，一直通到水边。俩抬筐的地工把抬筐一悠悠到滑道上，下一拨俩地工一左一右拿手钩子钩住抬筐往虾棚里拽……毛虾直接就倒进大铁锅里煮，不用加工的鱼类海货也都运进虾棚里，等待县渔业公司的卡车运走。

从第一筐海货下船，我们便一边帮着拽筐一边捞掉进水里的鱼虾。这需要较高的游泳技术——掉下来的鱼虾很快就沉水底了，需扎猛子捞。我们每人都预备了一个小耳筐，一会儿工夫就能捞一耳筐。不过有两个原则不能突破，一是必须做到帮忙不添乱，二是绝对不能贪心，那小耳筐是渔场的工具，我们借来给自己捡鱼，哪能还贪得无厌捡个没完。一筐足矣，这是原则。并且只能捡些经济价值不高的小鱼小虾，大鲅鱼大对虾啥的就算掉水里了你也只能捞起来放进渔民的大抬筐里，往自己的小耳筐里装那性质可就变了。

在这些孩子当中只有一个不是渔家子弟，那就是小连子。他和我关系好，我知道他家里困难，有意带他来岛上，好让他有些收获。小连子特有深沉，他怕渔民们对他这个外来人反感，从来都和我用一个筐帮着我捡，捡来的鱼虾我给他多少是多少。其实，我家从我爸那会儿，拿回家的海货也都是分给街坊们吃的，我们哥仨捡那么多海货哪能全拿回家，我的那一份基本上都给了小连子。

自己的小筐满了之后可就是真正的帮忙了。秀泳技的时刻到了。渔家子弟个个是浪里白条，就见围绕在渔船的周围，一双双小胳膊小腿比着花样较着劲儿地扑腾翻花，谁能以最快的速度把掉入水中的鱼捞上来，谁就能获得最热烈的喝彩。孩子们的欢腾喧闹显然是大人们乐于见到的，我们的忘形折腾就跟节庆时的鞭炮锣鼓一样，可以让享受丰收喜悦的大人们更享受，更开心。这种时候，抬抬筐的大人会猛跑几步冲到滑道跟前，边把抬筐抛入滑道边扯开嗓门吆喝那么一句——"收咧！"拿手钩子的便也接着喊——"收就收了呗！"搭上钩子拽着抬筐一溜烟地跑。通常，船上的年轻船员也会跟孩子一样发疯，脱巴脱巴就往水里蹦。三哥就干过。

以上还都是近海作业归航的场面，远洋船队回来时那场面可就更别提了。别的不说，光是卸下来的奇形怪状没见过的大鱼就足够让人惊叹不已。我就见过鱼雷一般大小、眼睛长在耳朵上的大鲨鱼和带胡须的江猪，还有一人多长的大鲈子鱼、碾盘大小的丑老婆（鮟鱇鱼）。那时候远洋船上已经有冰舱，被冷冻起来的黄花鱼、铜锣鱼就像是流水线生产出来的，整整齐齐个头全一样，据说是要运走出口的。

美好的时光值得一生回味。三十年后，当得知渔场就要被推平时，我的第一反应就是立马来这里坐一会儿，最后看一次这里的日落，最后吞咽一口这里的海腥味。

暮色尚未合拢时的海滩是一天中最美的。烈日下、风暴中曾翻过脸的海此时恢复了原本的恬静和安宁。由绚烂渐变温和的晚霞映照着镜面般平滑的海面，让这海平添无限深远的柔情。三哥的远洋一队宿舍离高潮线也就三四十米远，于宽敞的板铺上睡去，轻涛就在耳畔。当疲倦和满足感伴着潮声一起浸没身心的时候，世界上最甜的梦也不过如此。

随着年龄的增长，我越来越迫切地希望了解我们雷家的家世特别是大哥的身世。

1969年，我爸终于带着刚穿上军装的大哥和我，踏上了经大连去山东石岛的寻根旅程。那年，我八岁，大哥二十八岁。

已经接到了分配通知，还没去甘肃报到的二哥本来很想一起去，由于经济的原因没去成。

我爷我奶和老叔住在大连甘井子区的南关岭。我长这么大，只见过老叔老婶一次，那是他们来旅行结婚。爷爷奶奶还没见过。但我知道每个月爸妈要往大连寄钱，晒干的海货也会经常往大连邮，每年过年前后家里还会收到大连邮来的包裹，家里只要有喜事都要写信告诉大连的爷奶……墙上那张发黄的合影，也提醒我，四百公里外的一个小镇子里还住着我们雷家上一辈的亲人。

以我家那时的经济条件，全家都常去探望爷奶是做不到的。我爸尽他所能做到了这个程度——家里的每一个孩子，在懂事之后起码要带他去大连见爷奶一次。我上面的哥姐们都去过不止一次了，我这是第一次。我下面的老五老六还没去过。我很幸运，第一次出远门就能既见到爷奶和老叔，又能随大哥一起找回他的身世。

墙上镜框里的那张合影，是1946年在大连照的。那时二哥两岁，爸妈带着他和老叔、大哥去大连探望爷奶。那也是我妈作为雷家的儿媳妇第一次登门见公婆。妈那时真漂亮，满月般的脸，紧抿着嘴唇，梳着小卷。我爸活脱就是现在的大哥，只不过剃了光头，看着有些清瘦。老叔干巴瘦，个子倒是不矮。那次省亲，本来说好要把老叔留在大连爷奶身边——他已经到了上学的年龄，大人计划好让他在南关岭上学。可爸妈走后老叔天天打蔫，送他上学也不去，就念叨要回车仗子。最后爷奶没办法，老两口亲自把他送回了我家。那也是我爷我奶唯一一次来车仗子。两年后老叔稍大一些懂事了，才在爸妈的劝说下去了大连。

照片里大哥梳着分头，很帅很健康。二哥坐在我奶的怀里，一双大眼睛乌溜溜的，两只手交叉在胸前摆弄着手指头。我奶大个子大骨架，和我爷并排坐着都不比他矮多少。她长得眉眼开阔排排场场，一看就是大家闺秀。我爷宽肩膀，长方脸大眼睛，穿着长袍马褂戴着瓜皮帽，正襟危坐在正当中，眉宇间露着一股彪悍气概。不知为啥，一看到照片上我爷那严峻的表情我就害怕，比看到我爸都害怕。加之那时候我爷这身打扮在电影、画本上可绝对是反面人物地主乡绅穿的，是故，我从小就对没见过面的爷爷很畏惧很抵触。

见了面，这份印象有了较大的改变。我们在南关岭住了三天，这三天虽没见过老爷子笑，但他在第一时间就摸了我的头，这举动让我受宠若惊了很久。尽管他在摩顶时也是一脸的严肃。说实话他做的饭菜那可真叫好吃，尤其是朝鲜辣白菜"吉布齐"。我爷的那双大手也给我留下了深刻的好印象。那双手比我爸的还要宽阔修长，手背跟我爸一样筋脉清晰。我妈说过，长着这样手的男人可以托付终身。当初我爸房无一间地无一垄，我姥爷就是冲着我爸的那双手把女儿许配给他的。

我奶老太太性格特好，进屋就摸我的腮帮子，用一口比我爸我妈还浓重的石岛口音说："看把孩儿瘦的，等明儿个奶给你打虫子。"还悄悄跟我说，"别害怕，你爷他就那样，我跟他几十年了也没见他笑过几回。"

她喜滋滋地端详我大哥，念叨："这身军装就数我们立家子穿着好看。咱们家总算有个当兵的啦。"边说边不断地摩挲抻抻大哥的军装。

老叔老婶一直和爷奶住在一起，那时老叔已经有了大儿子雷立友。老叔从外形到性格完全不像我爷和我爸，他瘦高个，开朗健谈，常给我们讲笑话。二哥的体形看来是像老叔。

我奶从炕头上一个小铁盒拿出两粒打蛔虫的塔糖，说："这塔糖好使，立友子前几天打下不少虫子呢。"那糖很好吃，我嘎巴嘎巴几口就吃了。第二天拉下整整两大团蛔虫。我奶拿根小棍扒拉着数，十七根！我奶念叨："怪不得孩子黄皮寡瘦的，这么多虫子，营养都让虫子吃了。"

还别说，从这之后我很少肚子疼。但黄皮寡瘦的状态一直到初中后喜欢上打篮球才得到根本性的改变。

晚上，大家围坐在我爷家的炕上。听老叔讲他小时候的故事，主要是讲他尿炕的故事。

老叔说，他尿炕一直尿到十岁，也就是他第二次返回大连时。他说，尿炕让他老自卑了，从来不敢在外面睡，赶上了必须在外面睡时就整宿不敢合眼，怕尿了人家的褥子。我妈从进门起就专门给老叔做了一条小尿褥子，每天早晨给他洗干净晾上，并定期拆洗更换，到老叔离开车仗子时已经不知换过多少条。眼瞅着老叔都上学了还尿炕，连我爸都说过他。老叔委屈地说我也不想尿哇，可一睡着了就做梦发大水……越想不尿就越尿。我妈对我爸说，可不许你再说锦海，这可能是病，找中医看看吧。后来看了很多中医也没看好。那时我家每天晾尿褥子，我妈怕老叔的小伙伴和同学们知道了没面子，就跟邻居们说是大哥、二哥他们尿的。

老叔不愿意来大连的原因之一就是怕爷奶骂他尿炕。来之前我妈鼓励他说换一铺炕就不尿炕啦，你得有信心。我妈还特意给他带着那条尿褥子，嘱咐他放心睡，就算真的尿了我也会一早给你洗好晾上，爷奶不会知道。结果老叔照尿不误。我妈在回车仗子之前曾反复交代我奶，说锦海子这毛病最怕吓唬，可不能为这事打他骂他呀。我奶红着眼圈说秀芬哪，世上有几个你这样的好嫂子呀，锦海子长这么大都是你一把屎一把尿地帮妈养活着，妈可怎么谢你。我爸我妈走了之后有一次老叔的尿泡子忒大，冲到了我爷的褥子上，我爷可不惯着他，拉着脸骂他没出息。老叔于是哭着喊着要回车仗子找我妈。后来一直到尿炕的毛病去根了才回大连。

这些往事是老叔乐呵呵地讲的，我奶在旁边插话补漏。作为一个八岁的听众我当时也就觉得挺好玩，并没体会出这故事中饱含了多少我妈对老叔像对自己孩子一般的爱。世间凡事都有因果承转，等我到了能体会出娟子姐和珍姐对我们那份老嫂比母的爱的时候，我才想起来，原来我妈在很多年以前就那么做了。在颠沛流离寄人篱下的困境中，在锅台边、水井旁，我妈以弱小的身躯和对家人执着的爱操持着全家的衣食，也为未来的儿媳早早地做了表率，尽管她们看不到。

老叔还讲到除夕夜没米下锅，我妈生火烧水以制造炊烟的事。这件事和全家三天只靠几个土豆几根大葱糊口的事我都听妈讲过，这两件事已经牢牢印在我的脑子里，成为我认识那段艰难岁月的标志性事件。老叔讲这些的时候，我奶和老婶忍不住抹眼泪。老婶和老叔都是当地一个小铸造厂的工人，老婶是老叔的师傅。老婶不善言语，很善良的一个人。

我们坐船从大连到烟台。从上船开始大哥就很少说话。我们住的是底层的三等舱，很闷，大哥领我到甲板上透风。那时船已驶到海中央，渤海海峡似乎正酝酿一场风暴，混浊的渤海水和灰蒙蒙的天一个颜色。我看出大哥有心事，没敢像以往那样问这问那。大哥紧攥着我的手站在护栏边，一直向船头的方向望。我知道那里有我们的老家，也就是大哥出生的地方。

离开车仗子的前夜，我爸我妈把大姐以下我们四个小的撵到里屋，向大哥、二哥、三哥这三个已经成年的儿子讲述了我们雷家的家世。我大哥的身世，也当着二哥三哥的面做了详细的交代。

我爸说："立家就要去部队，立人马上要远走高飞，以后多少年能回来一次都说不好。立国也已经长大成人，是时候让你们知道咱家的事了。"我爸还说，这将是唯一的一次，以后他们姐四个长大了，由你们仨讲给他们听。至于对你们的下一辈，讲与不讲你们自己说了算。

人的一生要说复杂当然很复杂，要说简单也很简单。弄懂两件事也就够了——那就是自己来自哪里，又将去往何方。事实是，来自哪里往往决定了你会去往何方。

有关我来自哪里，在我十八岁时大哥终于讲给我听。在这之前，我像所有出身寒微的孩子一样，会偶尔对自己的家庭有所抱怨，会因出身而有所自卑。听完大哥的讲述，只觉一股雄浑之气自胸腔升腾！几十年前，我爸，一个普通的渔民，我爷，一个沉着脸看世界的老船长，他们为了我雷家的精神香火不灭，不惜以命相搏，不惜远走他乡。没人知道他们身上暗藏的血性。他们是我们这些晚辈永远的骄傲。

说起来也很简单。我爷从小前头干起，一直干到当船长，一直干到有了自己的网铺，后来娶了识文断字的我奶。爷奶只有两个孩子，我爸和我老叔。1942年的一天，一个荣成据点的日本兵闯入我家，要强暴我大哥的母亲。当时家中还有我奶、四岁的老叔和未满周岁的大哥。日本兵用枪托打伤了我奶，就要对被打昏的我大哥母亲施兽行时我爸回来了，一镐头把鬼子从炕上砸到地上，未等他呜里哇啦威胁两句，第二镐砸得他脑袋开了瓢。之后又补了两镐，鬼子死透了才停手。我爸去抱摔得背过气的大哥时，醒过来的大哥母亲裹着衣服投了井。

在这之后的几个小时里，我们雷家的两代长辈做出了能做得出的最果决当然也是最无奈的选择。

我爷我奶带着少量细软，买通一条小货轮去了朝鲜。我爸带着老叔和大哥经烟台乘船奔了东北。

第十章

　　我爸的第一打算是带上那鬼子的枪去东山投奔游击队，我爷否决了，因为他不想把后代带到异国。分两路逃走是怕全家被杀绝，奔朝鲜是因为我爷在那里做过生意，还会说朝鲜话。

　　走之前我爸把那鬼子的尸首用驴车驮到海边扔海里了，家里也收拾干净，据点里的鬼子不会很快就找到这里。我大哥的母亲被草葬在一棵油松下，没起坟包。那是半山坡一片黄波椤树当中唯一的一棵油松。

　　我爸在彰武建水塔时认识了我姥爷，我姥爷说你不能总这么一个人带着俩孩子过呀。他先是把我大哥接到家里养活，后来让我爸当了他的女婿。我爷我奶在朝鲜做小生意为生，日本投降后回到老家。老家的房子已毁于战火，渔船也全部被国民党兵征用、损毁。因不愿面对伤心地，又不想给生活窘迫的儿子添麻烦，爷奶于新中国成立前去大连谋生，计划混好了把我们一家接到大连，一直到现在。

　　这就是我们雷家的家世。我雷家的七个孩子就是这么来的。

　　从烟台坐车到威海再到石岛，当我们爷仨终于站在黄波椤树丛中那唯一的一棵油松下时，日头正要没入西边的红门石。油松下是一个很大的坟包，坟前，暗红色花岗岩墓碑在夕阳的逆光中反射着温暖安详的轮廓光。那一刻，我们雷家所有的过往都汇聚于此。那一刻，万籁俱寂，深秋的黄波椤叶子都停止了摇动。我爸说，这墓是日本投降后他和我妈一起来修的。

　　大哥喊一声："妈呀！"扑通跪倒，伏地磕头，然后长跪不起。

　　我不懂这样的时刻我该怎样做，我爸说："跪下，磕头吧。"

　　除了过年时给爸妈磕头要压岁钱，我还没给逝者行过叩头礼。我知道这是一个非凡的时刻，尽管当时我仅仅知道这坟墓里躺着的是我大哥的母亲，还不知道这是一位非凡的母亲。

　　大哥从婚后的第一个清明节开始，只要经济条件允许，每年清明他都会带娟子姐来这里扫墓。

第十一章

老五从小就胆大心细、聪明机灵。有事为证。

大哥当兵后送给我和老五每人一顶军帽。把我们乐的,当天就戴出去显摆。我这废物哇,当天就被人给抢走了。其实倒也不怪我废物,事发突然,当时我正美滋滋地走在柏油路上等待回头率,俩大个子骑着一辆自行车嗖地从我身旁掠过,后座上那小子一把就把我的军帽给抓走了。我能咋办哪,一边哭喊一边追呗。哪能追得上。直追到那两个人没了影,才鼻涕一把泪一把地返回家里。算我倒霉,我遇到的是专业抢军帽的。那年代,有一些专干抢军帽营生的小青年,抢来的军帽或送人或卖掉。两个人骑一辆自行车从背后下手是标准的作案程序,像我这样年龄单独行走的小孩是首选的作案对象。大哥二哥那样强壮敏捷的大小伙子他们一般不敢下手,成群结队的小孩他们也不会轻易去抢,怕他们集体拿石头扔他们。见我哭天抹泪地光着脑袋回来,我妈扑哧一声笑了,说:"这就对了,看你以后还敢不敢磨你大哥要军帽。"那几天我沮丧极了,不仅是为了军帽伤心,主要是为自己不能保护好大哥送的礼物而自责。

见我弄丢了军帽,老五亡羊补牢,立马着手研究军帽的安保防护措施。第一方案是拿一条秋裤裤腰上的猴皮筋缝在军帽上,戴上帽子后把猴皮筋绕在脖子上。这方案经试验之后放弃了——不好看不说,真要是被偷袭,那么快的速度,非得把脖子勒坏不可。第二方案就很有创意了——帽子里面塞一团海绵,海绵上面扎满大头针,针头全部朝外。平时针尖只扎到帽子内衬,不露出帽子,一旦发生抢劫,狠狠抓住帽子的飞车贼会因疼痛而扔掉帽子。

这方案得到我的力挺。不过老五还有第三套方案。那是第一套方案的升级版——拿一根透明尼龙鱼线,一端缝在军帽上,另一端从衣服里面牢牢系在衣服扣眼上或裤带上。鱼线很细,戴上帽子别人看不出有机关,也不影响美观,可一旦抢军帽的飞贼胆敢下手,军帽是绝对抢不走的,把他们拽下车都说不定。

搞定。这肯定是20世纪70年代最强悍的军帽防抢术。从试验成功开始,老五那是每天第二、第三套手段同时上,确保剩下的这顶军帽万无一失。

检验防抢术的机会终于来了。那天,老五一个人去大合作社打酱油,回来时被一对飞贼给盯上,他拐过镇政府就要进胡同时,那俩贼使出常规套路发动突袭……结果比预想的要精彩——那骑车子的飞贼速度快了些,动手的同伙下手也重了些,待下手这飞贼嗷的一声松开手的时候,身子已经失去平衡掉了下来,猝不及防的老五也被拽得扑倒在地,就这样,手里的酱油瓶子也没松开!

不怪那贼功夫不到家,就怪那足能钓上百十斤鲈子鱼的尼龙线忒结实,还有就是老五把鱼线的另一端系在了裤带上!动手的贼摔在路边,差点儿背过气去。骑车的那个见出了状况,本想逃走来着,一看旁边没啥人,就壮着胆子又蹑回来了。彼时军帽落在老五和飞贼之间,老五几把就把帽子给拽了回来。摔得不轻的飞贼缓过神来,见旁边没人过问,同伙也回来接应,便龇牙咧嘴地爬起来,骂道:"小崽子,胆儿不小哇,敢玩花活儿。快把帽子给我!"

老五爬起来，把帽子戴到头上，挺着胸脯喊："吹牛吧你，有能耐你再来抢！"说完转身就跑。那贼本不想追，肯定是老五的话伤了他自尊，犹豫了一下便开追。此时老五已打定主意要去旁边镇政府喊老魏二叔。他知道那贼摔得挺重，跑不快，便一边跑一边回头喊："来呀，追上算你厉害！"转眼就跑到了镇政府的大门口。镇派出所就在镇政府一楼，那时老魏二叔已经是所长，配着一把德国毛瑟手枪，也就是盒子炮，老威猛了。要是老魏二叔能听到喊声，肯定出来收拾这俩小子。老五却不急，他怕过早暴露意图。一直到把那俩小子引到大院门口，他才扯开嗓子喊："老魏二叔！老魏二叔！有人抢我军帽啦！"

那时飞贼之一已经把他按住，使劲拽那军帽。无奈鱼线系在裤带上，咋拽也拽不下来。那小子急眼了，用牙咬。见没有民警出来，老五便拖延时间，说："咬可咬不断，把裤带解下来一起拿走吧。"不想放弃的贼也昏了头，真就上来解老五的裤带。老五帮着他往下解，贼终于如愿以偿，夹起裤带加军帽要走时老魏二叔和俩小民警可就到位了。俩贼飞身上车，老魏二叔掏出盒子炮，咔吧一声掰开枪机，喝道："停下，不然让你们屁股开花！"

俩贼够狠，料老魏二叔不能开枪，愣是没停车。不过把军帽加裤带给扔下来了。老魏二叔立马安排那俩民警骑车去追，这边老五一手拎着酱油瓶子一手提着裤子，飞跑过去捡回军帽裤带。本来让送上门的飞贼给跑了令老魏二叔很不爽，可一见到老五这套防抢设备，他乐得都忘了去追贼了。老魏二叔从此对老五另眼相看大加赞赏，逢人便说这孩子长大了准有出息，别的不说，干公安就是块难得的好材料。

老魏二叔退休前官至县公安局副局长，配枪也从盒子炮升级到五四式，再到六四式，最后到七七式。我家常有外地亲属来，那时的火车不讲究夕发朝至，在我们这小站经停的火车都是半夜三更

第十一章

的。每次，只要不值班，老魏二叔都会陪我们去接送站。我们推辞时，他便说一句口头语："我去安全些，我有武器。"

老魏二叔还真没看错人，虽说老五最终没当警察，但他喜欢研究武器。老魏二叔的每种配枪他都能轻松拆解组装，速度比枪的主人还快。这还不算，他还能亲手制作。那年代小孩没啥玩的，大人看不住时就做枪玩儿。请注意，那可不是现在小孩玩的塑料水枪啥的，那都是有一定杀伤力的真家什。当时大的时代背景是国家边境不太平，多股敌对势力常有进犯，爱国情怀加尚武精神催生了民间制作武器当玩具的现象。我们哥儿几个就从简单到复杂，从不带响的到火药发射弹丸枪砂，分别制作过钢丝发射菜梗的钢丝枪，用自行车链子和辐条帽发射火柴杆的火柴枪，吓唬人的纸炮枪，一直到子弹壳配铜管铅弹、有效射程可达三十米的火药枪！不过老五主持研发的这把火药枪刚做完实弹测试就被我爸没收交给老魏二叔了，我和老五心疼得直哭。那是老五最得意的作品——仿盒子炮的造型逼真精致，枪管乌黑锃亮，配上刻有细密花纹的黄花梨木柄，稀罕死人了。虽是单发，但可以自动退壳。老魏二叔对这件作品赞不绝口。

话说那年我家闹耗子，闹到啥程度呢，柜子桌角、八个小皮鼓都给嗑了不说，我妈晚上包了一盖帘馄饨，预备第二天早晨给我爸和三哥煮了吃，结果早晨起来一看整整一盖帘的馄饨不翼而飞。顺着痕迹一直找到地震棚的外屋，用锹挖开一看，可恨哪，是一个大耗子窝。馄饨都堆在里面，耗子自然是逃之夭夭。

肉馅馄饨对于我家来说可不是闹着玩的，除了年节，只有我爸和三哥这俩劳动力能吃得上。我妈心疼得够呛，发誓要全窝端掉这窝耗子。镇子里地摊上正有卖耗子药"全窝端"的，我们买回双份全撒在院子里，没管用。三哥把过去打鸟的铁夹子全部支到耗子的必经之地，也没管用……我妈气得要崩溃，说这耗子是不是成精啦。她发下悬赏令：谁要是能让耗子去了根，我就给他煮四个红皮鸡蛋！

重赏之下必有勇夫，老五出马了。他仔细研究了这窝耗子的运动轨迹和生活规律，指出，这窝耗子的不寻常之处在于它们居住的窝不在地上，而在地震棚的天棚之上！囤馄饨的那个窝不过是它们的储藏间。这可真是没想到。老五甚至准确地画出了耗子老巢的位置，就在烟囱根以下、天棚以上的墙角里。

大家开始还有点儿怀疑，到夜深人静的时候我们把耳朵贴在烟囱下的烟道上，听到耗子们窸窸窣窣爬上爬下，这才信了。我爸说，既然找到了耗子窝，那就挑开天棚扒了耗子窝不就完了。老五说不行不行，重要的是消灭耗子，扒窝没有用，等把窝扒开它们早跑没影了。再说，扒了耗子窝墙角和烟囱都得塌喽，不值得。我爸那时已经把我们当大人待，会让我们试着干一些有一定难度和需要一定体力的活。我们说得在理的事他也会尊重我们的意见。见老五说得头头是道，他决定不再干预此事，一切都让老五看着办。

老五开始行动。他拿出那把火柴枪，把火柴杆用小刀削尖后装上，然后端着枪站在地震棚纸糊的天棚下蹲坑。啥时听到头顶上的耗子停下来才把枪顶上火，待耗子撒尿洇湿了天棚时，他才对准尿迹击发。虽然火柴枪的有效射程也就几米，但隔着一层纸打耗子那几乎是百发百中。虽很难致命，但只要耗子挨了枪便和天棚钉在一起，绝逃不掉。听到天棚里耗子吱吱叫，老五便用剪子剪开天棚取出耗子，然后再拿张纸糊好天棚。几天工夫，大大小小消灭了十来只耗子，天棚里渐渐肃静了。但显然还没去根儿，我们家屋里还不时有耗子活动。

这天白天，老五决定执行收网行动。他判断，耗子是昼伏夜出的动物，白天基本都在窝里养精蓄锐，尤其是老奸巨猾的老耗子。若这时候下手直捣老巢，基本可以做到全窝端。他找出一坨从炼油

第十一章

厂外面捡来的原油坨子，算计了好一番，最后用小铲子挖下小饭碗那么大一块，打开地震棚外烟道下面的通风口，把这块原油塞进去，再塞进一团干草。我知道原油里面包含柴油、汽油等很多易燃易爆物质，整不好会爆炸，我爸说过小孩绝对不许摆弄它。我及时提醒老五，建议最好不要采用如此高风险的办法。老五说没事，等原油闷一会儿挥发挥发再点火，我都计算好了，不会出事的。老六不怕事儿大，跳着高儿说太好玩了太好玩了，要崩耗子啦！老五赶紧捂住他的嘴，说小声点儿，耗子精着呢，让它听到了咱可就白忙活啦。那时大哥的儿子雷杉已经能打酱油了，天天跟在我们屁股后面，今儿个如此重大的行动哪能不参加。他拿个小炉钩子蹲在通风口旁边，一副专注的表情。看那意思要是真的有耗子从这里逃出来，他绝对会挥起炉钩子刨过去。通风口关上了。老五让我去把烟囱口封上，屋里的炉盖子盖好，灶坑也给堵上。

十五分钟后老五拿一块布条在通风口外面引燃了干草。开始时也就见里面一个劲儿往外冒烟，不大工夫就听一声闷响，地面都感到震颤……一股火苗从烟囱口冲天而出，我压在上面的那块瓦飞起老高，直落到对门老薛太太家院子里，吓得鸡飞狗跳。通风口的小铁门也被崩开，幸好我们没扒着看，不然非得被崩满脸花不可。不过老六和雷杉蹲得太近，爷俩被熏得包龙图似的。我吓得够呛，老五倒是一副尽在掌控的表情。地震棚里冒出黑烟，我感觉不妙，飞跑进屋，见炉盖子已被崩飞，炕面和炕墙的缝隙里正往外冒烟，满屋都是焦油味……我正掂量是否惹了大祸的时候，一只红毛老耗子咳嗽着从坍塌了的炉子废墟里爬出来，趔趔趄趄地往外跑。老五大声喊，抓起把笤帚就去追。我也赶紧找家什追。追到院子，老六和雷杉持炉钩子迎面截击……最后，这只大概真的成了精的老耗子在我们爷儿四个的围追堵截之下毙命于大门口水沟旁。

大获全胜，大功告成。虽说我们因违规使用易燃易爆品受到爸妈的批评，但爸妈还是非常高兴，因为家里的鼠患真就去了根。我妈乐得当天就兑现了奖励政策。老五特讲究，四个鸡蛋自己只吃了一个，其余三个分别给了参战的我、老六和雷杉。看来老五从小就不贪功，还善于与民同乐。哈，这是我们爷儿几个平生第一次获得物质奖励。那鸡蛋的味儿和平时不一样，是世界上最好吃的鸡蛋。至于爆炸毁了一张炕席崩塌一个炉子，并崩掉了炕墙上所有的水泥勾缝，爸妈也就按功大于过处理了。

　　哈，这次收网行动还有一个绝对意想不到的收获，那就是地震棚的这铺炕本来一直不好烧，不管啥风都倒烟。经这一崩一震，好了。这之后就算是我爸生的炉子也不冒烟了。把我爸乐坏了。他干啥活都能琢磨出门道，唯独生炉子和盘炕这两件事干不好，地震棚这炕他已经扒开改造过无数次，都没解决问题。老五一坨原油一把干草就把问题给解决了。

　　不过老五的馊主意也不少。

　　那时小孩没啥玩的，每晚的"踢盒子"藏猫猫几乎是晚饭后唯一的游戏。破罐头盒子一踢走，到被捡回来之前，小孩们必须藏好。藏哪儿呢，每家房前屋后就那么大地方，能藏的地方都藏遍了。对门老薛太太有一口老早就做好的棺材放在她家仓房里，平时小孩们都知道那仓房里有棺材，没人敢进去。那天老太太的俩败家孙子实在没地方藏了，竟合力挪开棺材盖钻进去藏了起来。找人的小孩自然是没找到，可直到半夜藏猫猫游戏早都结束了，老薛太太也没见这俩孙子回家。咋整，找呗。老太太满大街喊也没找到，最后听到仓房里似乎有响动……她儿子拎着把大洋镐进去查看，就听棺材板子咚咚作响，他壮着胆子推开棺材盖，见俩儿子在里面已经憋得快背过气去了。也仗着老薛太太这棺材用料足，够宽敞，不然非出人命不可。

　　连棺材都藏过了，还能踅摸到没藏过的地方吗？能，有创意就有地方。老五经试验后选定了我家院子里的煤堆。他说不要小看了这敞开着的煤堆，在没有照明的情况下，穿着深色衣服的人往上面一趴，你纵使站在煤堆跟前也发现不了。我将信将疑地和老五趴在那煤堆上，找人的小孩进了我家院子，站在煤堆跟前念叨："明明看他哥俩进院子啦，哪儿去了呢？是不是玩赖进屋子啦。"我几乎和他脸对脸，吓得大气不敢出，怕他闻到我嘴里的蒜味。游戏结束后我们哥俩美滋滋地回了家，一进门我妈就抓起笤帚疙瘩跳下炕，吓得我俩又赶紧往外跑。我们不知道这是咋回事，就听我妈在后面喊："你们这俩害人精啊，浑身上下骨碌得都是煤灰，这可咋洗呀！"

一顿打自然是逃不掉的，承担责任的当然是我这当哥的。

该说说老六了。

老六这小子是我们家兄弟姊妹七个当中最特殊的一个。说他特殊，第一条就是他从小不爱学习。平时精神豆子似的，一摸书本就困。困到啥程度呢，在课堂上都能睡得从凳子上掉下来。把老师愁得，说，雷立本，你难道真的是雷立忠、雷立德的弟弟吗？咋一点儿都不像呢！

为他学习这事，我爸我妈没少说他。他可怜巴巴地说："我也想好好学习来着，可一看书就困，咋整啊！"我爸我妈气得哭笑不得。珍姐出面为他开脱，说："爸，妈，学习不好不见得就没出息，得济的也不见得都是学习好的。妈你看我学习不好，我不是也挺孝顺的嘛。我要是学习好，你还找不着我这好儿媳妇了呢。"珍姐说话管用，她的话也的确有说服力。我爸妈最后也就不再使劲说老六了。我爸说，只要不学坏，该吃哪碗饭由他自己选吧。

我爸像当初对我们几个一样，正式跟老六谈话："爸啥也不能给你们，出息成啥样是你们自己的事。我能答应你们的只有一件事，那就是你们考上啥学校我就供你们念完啥学校。看来你的这笔学费爸是省下了。但你得想好喽长大后能干啥。"

老六张嘴就来："爸，我长大了挣大钱、发大财！给你和我妈买房子买船买汽车。"我爸只能摇摇头。不怪我爸摇头，那年代，就我们这家庭，别说买老六说的那三样，就是买驾马车、买条舢板子，也是做梦都不敢想的事儿。可见老六的胆子有多大。

这老六虽学习不咋样，还常打个架啥的，但人缘特好，对大人对老师也特有礼貌。老师咋批评他都是虚心接受"坚决不改"，态度特好。他还热心肠，助人为乐，打抱不平这样的好事经常干。班主任杨老师都被感动了，某一个期末终于给他颁发了一个三好学生奖状。把老六乐得举着奖状一溜烟跑回家，没进大门就惊天动地地喊："妈，妈，我得三好学生啦！"我妈做梦也没想到自己的老六能得三好学生，喜得热泪盈眶。老六又抱着奖状沿街巡游，小连子家、老魏二叔家逐户去报喜，就差没敲锣打鼓放炮仗了……这小子，三十年后有了自己的公司时那么熟练老到地做广告搞宣传，别人还惊叹呢，我这当哥的可知道底细，敢情他从小就练过。

三好学生虽然得到了，但连一道杠都没戴过这事儿是老六最大的遗憾。他想弥补，偷偷从小铁盒里翻出三哥的那个三道杠戴上，当然只在上下学的路上和去做好事时……可这也不行啊，杨老师知道后把他好一顿批评，差点儿把那个收藏品给没收喽。老六可不是轻易就放弃的主儿，他一不做二不休，拿出捡破烂攒下的两块钱，去轻工市场的裁缝摊定做了一个五道杠袖章！那裁缝大妈还纳闷呢，说孩子呀，大妈最多只听说过三道杠，做这五道杠不犯法吧？老六一本正经地说，这算啥呀，大城市还有六道杠呢。结果呢，他倒是戴着这全中国最高级别的五道杠出尽了风头，我们哥儿几个可是跟他沾了大光，全校的学生都知道我们是五道杠雷立本他哥。

这事可闹大了，杨老师找到我爸，说雷立本这孩子胆子也忒大了，这要是不好好教育，发展下去可危险。我爸还是第一次因孩子犯错误而被找到学校，以往都是因受表扬受嘉奖……我爸那个火上的，回到家脸色铁青地坐在炕头上闷头喝茶水。这么多年，不管我们多淘气，爸从没动过我们一个手指头，今儿个看来爸是控制不住啦。我们都替老六捏了把汗。珍姐吓得都不敢说情了。

让所有人都没想到的是，我爸并没有打他。非但没打，还给老六摩了顶！

当时的情景是这样——我爸说："立本，你过来。"老六小腿儿打战地走过去站在我爸跟前，我爸伸出手，我吓得闭上眼睛……睁开眼睛时就见我爸摩挲了下老六的头皮，又轻拍了一下，说："去吧。不许再有第二次。"

就这两下，老六记了一辈子。我爸死后，老六说："那次咱爸要是打我几下，我肯定早就忘了。"他还说，"要是没有咱爸拍我那下，我没准出息不成今天这模样。"

老六从此不再干离谱的事。他经商做买卖的天赋也逐渐显露出来。那时我妈跟人学了做糖葫芦的手艺，每天骑着自行车去镇里卖。老六一放学就去打帮手，我妈撵他回家做作业，他就说作业不多，在学校都写完了。别看他数学不咋样，可算起账来那绝对是张嘴就来分毫不差。老六天生乖巧可爱，一双水葡萄似的大眼睛让人稀罕得心疼，小嘴也特甜，卖糖葫芦时大姨大妈叫得那叫一个亲。他要是去了，糖葫芦卖得保准快，我妈保准早回家。

做糖葫芦的山楂都是成麻袋批发来的，难免有挤碎的、带疤痕疖子的。我妈就把这些没法卖的山楂洗干净给我们吃，这份损耗没法弥补不说，我们几个也都吃得连打嗝带泛酸水。老六小小年纪就研究出了解决方案——把次品山楂洗净剔核，然后加蜂蜜捣碎，摊在玻璃板上拍平，硬实了之后用小刀加格尺分割成一寸见方的小块，然后穿起来，按制作糖葫芦的程序蘸糖……这特殊的山楂串口味独特，不少小孩专门挑它买，价钱甚至可以卖得比普通糖葫芦贵一些。老六给这山楂串起了个不同凡响的名字——万年串。那几

141

年,有幸尝过万年串的车仗子人肯定不会想到那是后来的立本集团老总发明的。

老六从小就顾家,顾到了小抠的程度。我家要是往外送东西或者别人从我家拿走东西,他会跟着盯着,一脸的不乐意。直到发生了"护米事件"。

他嘴甜人缘好,宋金斗大婶特稀罕他,一做好吃的就喊他。我妈本来不允许孩子在别人家吃饭,宋金斗大叔家是特例。有一次,老六在宋金斗大叔家吃饭,席间,宋大婶逗他:"立本哪,你说你总来我家吃,哪天你得把你家的大米白面给我们家背点儿来。"老六赶忙说:"大婶,我们家只有高粱米苞米面,没有大米白面。"把宋大婶乐得,说:"看把孩子吓得。没事,高粱米苞米面也行啊。一会儿吃完饭我就去你们家拿。"当时老六嘴里的那口饭还没咽下去,就放下饭碗一溜烟地往外跑,宋大婶喊也喊不住。大婶不知道出了啥事,也放下饭碗往外追。一直追到我家,就见老六搬个小板凳坐在地震棚旁边的小仓房门口,我妈在旁边哭笑不得。宋大婶说:"这立本是咋的啦,吃半道饭就跑出来了,咋喊也不回头。"我妈说:"咳,还不都让你给吓的。这不,进院就说我宋大婶要来背咱家的高粱米苞米面,我得看着。"把宋大婶乐得眼泪都下来了,说:"好哇立本,这回我可知道你们家粮食都藏哪儿啦。"

爸妈深感问题严重,当天就严厉地批评了他。我爸说:"朋友和亲戚都讲究礼尚往来,你吃别人家的甜嘴咂舌的,别人需要你付出的时候你咋能一毛不拔!咱应该主动想着别人才是。立本哪,你今天这事儿办得让爸脸上无光,这不是咱雷家的门风。这样的事儿你哥姐们谁也办不出来。也仗着是你宋大婶,这要是别人,不得笑话死咱家。"

爸妈连着好几天没给老六好脸。这是身为老疙瘩的老六从没受过的软惩戒。这之后,我妈常有意安排他亲手去给邻居朋友送东西，就像当初让我们给街坊们送海货一样。没有海货可送，我妈就特意做些小针线手工让他送，让他体验付出后的愉悦感和成就感。往年过端午节时我妈都给我们几个孩子每人做一套小布老虎、小笤帚挂在脖子上驱晦辟邪，老六这事之后再过五月节时，我妈就贪黑多做一些，让老六去送给左邻右舍小伙伴。刚开始送东西时老六难免有些抓心挠肝的，慢慢地，他从适应到发生改变。后来家里再包了饺子蒸了包子，他会主动张罗去给宋金斗大叔家送。让老六从小抠变为慷慨的过程中爸妈费了很多心思。功夫不负有心人，长大后老六变得慷慨大方，到他自己当老板时，已经可以给员工们讲付出和索取的关系了。

《三字经》开篇那几句说得好——"人之初，性本善。性相近，习相远。苟不教，性乃迁。教之道，贵以专。"信夫。

若干年后三哥家养了条极品看家狗，叫阿黑。那年春节前，已经发达了的老六拎着一堆名酒海珍品去看三哥，走的时候珍姐非得让他带几个黏豆包回去烙着吃。老六出门时那阿黑可就不干了，从狗窝里蹿出来拦住老六狂吠。老六说："我说爷们儿，平日老叔待你不薄，你咬我干啥呀。"珍姐哈哈乐，说："这狗，谁从我们家拿走一根针都不好使，它是看你从我家拿黏豆包啦。"老六说："嘿，我刚才往你们家拿茅台海参它咋不管？"三哥说："就算你端一筐金子来，它也不会管。"老六惊叹："讲究！讲究！这样的好狗哪儿找去呀。好吧，黏豆包我本来就不爱吃，你们非得给我拿。这下好了，听阿黑的吧，省得它不高兴。"

老六从他那大挎包里拿出黏豆包交回。那年潮人都时兴背这种耷拉到腿肚子的大兜子。他以为这回可以放行了吧，还不好使，阿黑还是不让他走。珍姐说："看来它是不让你带走这化缘兜子呀。"老六气得指着阿黑喊："爷们儿你讲理不，你看好喽，这兜子是我的！来的时候就背着呢。你们家没有这种化缘用的兜子！"三哥说：

"哈哈，金子可以留下，筐你可拿不走！"老六抚掌大笑曰："懂了，懂了，这阿黑就是小时候的它老叔我。"

阿黑是条神奇的狗，它的故事可以写一本书。

小抠归小抠，老六还真是个懂事的好孩子。他小时候出门从不空手回家。上下学这一路上只要是见到家里能用得上的东西一概塞进书包。为此，他的书包比别人的坏得快，书包里的书本开学没几天就给祸害得跟烂抹布似的。他一进院子就从鼓鼓囊囊的书包里往外掏东西——从破铜烂铁到木头棍、沥青块、纸壳子，那是不管值钱与否，只要不空手就行。每见他满载而归，我妈便念叨："看我老儿子，长大肯定是个过日子的好手。不过这书包妈可缝不起呀。再别啥都往家里捡啦，妈也不能给你背个筐去上学呀。"

那时我们都懂得了生活的艰辛和不易，都想通过自己的努力来减轻父母的经济压力。捡破烂卖钱是一个很好的方式。自打我们懂事，学费书费基本都是我们靠自己的双手解决的。老六在捡破烂这方面具有超常天赋，我们俩在一起走，我眼里只能见到光溜溜的大马路，他却能在光溜溜的大马路上找出螺丝帽、洋钉子。最让我佩服的是，某天晚上我们俩去看电影，回来时他竟然在伸手不见五指的夜里用鞋底蹚出了一颗钉子！佩服之余我也模仿他那踢里跶啦的步法，希望也能蹚出点啥有价值的东西。没用，我还是空手而归。若干年后当了老总的老六有钱嘚瑟，请我去沈阳白清寨滑雪。他在高级道上摔了一跤，摔得丢盔卸甲的，就这样，还在人都站不住的高级雪道上捡了一副眼镜！可见，其捡破烂的功底子还在。

不过我也有争气的时候。我带老五和老六去冶炼厂的垃圾堆里淘宝，发现了一个废弃的电瓶——没错，我先看到的。回家砸开清理干净后得到十多斤铅板，去废品站卖得二十七块钱！这简直是一笔巨款，也是我们哥儿几个捡破烂生涯中最大的收获。我妈用这笔钱给我们哥仨每人买了一身绒衣绒裤，穿着老带劲老有成就感了。

第十一章

老六的手比我和老五还巧。我也就是对瓦匠活有些心得，其他的就差点儿劲儿。老五研究的都是武器装备啥的高精尖玩意儿，小打小闹的活他不屑干。老六可是专干别人不爱干不屑干的活儿。我妈装糖葫芦的架子啥的坏了都是他修理，我们哥儿几个的塑料凉鞋断了都是他给粘上。一般人粘凉鞋就是拿炉钩子烧红了往断了的地方刺啦一烫，然后使劲一捏便完事。断了的塑料倒是粘上了，可挺大的疙瘩硌人不说，看着也难看。老六的工序可就复杂很多。他捡破烂时收集了各色各样的塑料鞋料以备不时之需，还用大号铁钉烧红砸扁制成一个专用小烙铁。修鞋时，他先把断口两端用小刀削薄，再放到炉盖上面烤软，这边取出已备好的颜色一模一样的鞋料，也预热烤软，然后才用那把专用小烙铁把它粘到断口处。粘完后还得用小刀砂纸修剪打磨……不夸张地说，经他修过的凉鞋，眼神不好的都找不到断口在哪儿。若实在找不到同颜色的鞋料，他就在左右脚的同一部位补上剪成好看图案的彩色塑料！这可是高端技术，简直是化腐朽为神奇，鞋修好了不说，还添了点缀。就他这手艺，把我们这些哥哥姐姐们稀罕得，尤其是大姐，后来干脆让他把新凉鞋粘上花朵图案。大姐有所不知，就她老弟弟这水平和创意，足领先我们当地服饰修补业十年以上！这话一点儿都不夸张——类似的对称修补技术十多年后才在北方的服装织补术中出现。

最露脸的是他给我爸修好了一双凉鞋。我爸本来在孩子面前不苟言笑，那次，他仔细端详了修好的凉鞋后不仅笑了，还破例跟老六开了句玩笑——"看我老儿子，这是要气死修鞋的呀！"

每看到老六小小个人儿神情专注地端坐在炉子跟前修凉鞋，刀子剪子摆一地，我都会对他生出无限的爱怜和敬佩。兴趣是最好的老师，专注是成功的秘籍。老六后来发了，有人说他是靠投机取巧、坑蒙拐骗发的家，这话我这当哥的肯定不爱听也不认同。很简单，说这话的人要是在老六这年纪也能把塑料凉鞋修到老六那程度，我就认同他的话。

1983年，二十二岁的我从锦州师专政史系毕业，被分配到镇中学当了一名老师。这一年，老五以全县第四的成绩考入大连工学院也就是后来的大连理工大学，读建筑系。老六这年初中毕业，当然是啥也没考上。就连录取分数很低，甚至对本厂子女还降分录取的冶炼厂技工学校也没考上。我爸我妈很上火。

我爸之所以在海势很好的1959年离开龙背岛渔场进入国营冶炼厂，一来是相中国营企业的各种福利，二来为的就是家里的这一大帮孩子万一哪个学习不好自己混不到个饭碗，最起码国企还可以安排一个子女到本厂就业。我爸的设计是有先见之明的，到20世纪80年代的时候，国企还有子女"接班"的政策。也就是父母可提前退休，让自己的子女顶岗。可眼瞅着这个唯一需要靠这项政策才能取得"铁饭碗"的老疙瘩还有两年才毕业的时候，我爸退休了。

老六却压根没想过去哪儿上班，他从来都想自己当老板。毕业的那天他就张罗摆修鞋摊子。我妈不太同意。她内心的想法肯定是没想过自己的老儿子真就成了修鞋匠，这想法她不可能跟别人说。她反对的理由是老六还太小，一个人去街上摆摊儿她不放心。我爸当然知道我妈的心思，他也更希望老六能有一份体制内的工作。别说在那个年代，就算是现在，在受计划经济影响极深的东北，孩子能进机关、国企，哪管一个月挣几百块钱，那也算是有了正式工作、有了"铁饭碗"，以后找对象都有了身价。反之孩子自己创业，就算一个月挣一万，那也是没工作，找对象都得降低条件。当然，一个月能挣一百万则另当别论。

但我爸明确支持老六，他说："三百六十行，行行出状元。只要是诚实劳动，干啥都不低气。没事，反正我退休了在家待着也没事，我跟你一起干。"见我爸这态度，我妈也就没办法了。我爸接着跟老六说："不过立本，爸咋说也不希望你摆一辈子地摊。过两年你年龄大点儿了,要是哪儿有招工的你去试试行吗?"

老六很认真很严肃地说:"放心吧爸,你老儿子不会摆一辈子地摊的。"招工的事没接茬儿。

就这样,老六成了我见过的年纪最小的修鞋匠。老六的身材不像我和大哥这么魁实,但修长匀称,人也长得特帅,满脸透着机灵聪慧。这个头发也有些自来卷的小修鞋匠往街边一坐,老招人注目了。

投资都是我妈出的。倒也没花多少钱——买了一部推车子,一些刀子剪子之类的工具和胶水、鞋料啥的。老六说投资的钱以后会加倍还给家里。

然而开修鞋摊子可不是烫塑料凉鞋那么简单,老六没学过一天徒,我爸更是个门外汉,爷俩最初的生意做得很艰难。不过以老六的悟性这点儿活真就不算啥,不需要专门培训。没出俩月,他就琢磨透了所有鞋种的修理技术和技巧。生意也逐渐好转。半年后他和我爸在大合作社旁边定做了一个固定的小铁皮房子,上挂招牌——"老六修鞋"。

我爸也慢慢入了门,细活、有难度的活都是老六操刀,下料、上锉刀、涂胶水啥的都是我爸打下手。小铁皮房子里有站炉子,冬天冻不着。夏天很受罪,爷俩干活都是一身汗一身汗的。我爸的身体一直很好,只是退休后头发白得很快,眼睛也花了,干活得戴上花镜。看他高大的身躯蜷曲在小马扎子上,戴着花镜钉鞋掌,我心里很酸楚。那时我常想,啥时我能多挣些钱,好让我爸不必再操劳。

老师这份工作很辛苦,收入很低,指望凭这份收入改变我家的经济状况是不可能的。那时体制内的人员下海、跳槽已初见端倪,时常听到有谁谁去南方、去乡镇企业干挣了多少多少钱,买房子买地的,把爹妈接去享福……我们学校一些没有下海跳槽的胆量和本事、又想鱼掌兼得的小老师就偷偷办补课班挣点儿外快。学校和教育局的领导大会小会地说教师不允许搞第二职业，那些人也不在乎。我从小到大都是听话守纪律的好孩子，虽然也感觉当教师很清苦，但没动过办补课班的心思。

我休息时常去陪着他们爷俩。铁皮房子太小，勉强坐下他们爷俩，来了顾客就更挤巴了，我去了就搬个马扎子坐在门口。有时我想帮他们干点儿力所能及的，我爸和老六不让。老六说："你一个当老师的在这儿掌破鞋，让学生看到了不好。"我不同意他的观点，他越说我还越帮他干。常有我的学生和同事看到我，每遇到来修鞋的学生，孩子们都有些不好意思，我就大大方方地主动介绍，说这是我爸和弟弟开的，并给他们打折。

我常去修鞋店的事传到校长耳朵里。校长找我，张口就说："小雷呀，听说你常去镇上的修鞋店，有这事吗？"我的火儿腾地就上来了，说："是呀，不过都是业余时间。"校长说："业余时间也不好，你毕竟是一个教书育人的老师。"我说："校长，你可能不知道，我家过去还卖过糖葫芦，我常帮着卖呢。这和教书育人不矛盾吧。"我倔劲儿上来了，语气越来越硬，直到校长说出一句话才把我逗乐了。他说："学校和局里三令五申不许教师搞第二职业你知道不？"

我乐得直不起腰，说："好校长啊，我就是真的搞第二职业也不会去修鞋呀。你知道我爸和我弟弟忙活一天才挣几个钱吗？"

老六修了两年鞋，挣下的钱我妈一分不差地替他攒着。这年，县百货大楼的家电维修部招维修工，他去了。这一去可就从此跟家电结下了缘分。他从学徒干起，不长时间就取得热水器的安装和售后维修资格。从安装热水器到自己当老板卖热水器，老六努力了四年多，四年后他在新开张的龙背五金电器商城（后来当地人称它为龙背城）租下一个小门市，经营一个小品牌热水器。再过四年买下了这个门市，又在陶瓷市场做一个较大的卫浴品牌。

并不是所有人都适合做生意。这营生和画图纸、写文章等所有

第十一章

营生一样，不仅需要勤奋，还需要一样最重要的东西，那就是天赋。老六对商机有与生俱来的敏锐嗅觉和超强判断力，我就没有一点儿这方面的天赋。比如，我们城区内此前已经有两家大型的五金电器商场，效益都很一般。这个建市后新开张的龙背城建在海边的盐碱滩上，门庭冷落，没啥人气。老六在这儿买门市的时候，我们全家没有一个不反对。我这个当哥的更是脸红脖子粗地跟他吵，说你好不容易挣俩钱，留着娶媳妇吧，不能扔在这兔子不拉屎的地方打水漂。老六态度极坚决，说他已经考察了整个东北的五金和家电市场，认为随着我们这个新建城市的发展，这里将成为全省的五金家电零售和批发中心。他甚至还动员我趁着价格低的机会，筹钱哪管买个摊床，以后也会翻番挣钱。我嗤之以鼻不屑一顾。结果呢，没过几年，这里真就按老六说的发展成了辽西最大的五金家电批发集散地，一两万块钱买的摊床眨眼就翻了几十倍！远在大连的大姐就信了老六，她不买房子不买地，把所有的积蓄都交给老六，让他帮着买了俩摊床……那些年收的租金不算，后来光出售这俩摊床就净赚五十万！这是大姐淘到的第一桶金。后来她又炒股又炒房的，最初的本钱就是这五十万。我从此不敢再对老六的生意说一句废话。

当然，老六也付出了老鼻子的辛苦。安装热水器的时候，别人都是抄起冲击钻就往墙上钻，弄得客户家尘土飞扬，安装完之后客户还得好一顿打扫。老六绝对是我们当地第一个给电钻下面挂上接土装置的安装工。他手巧，自己设计制作了一个20厘米长的扁塑料盒，靠墙的那一面粘上学生用的两面胶，打眼前揭开胶封，把那小塑料盒啪地粘在电钻下方的墙上，打眼时产生的土面子都漏到这小盒里，房间几乎一尘不染。可别小看了这小玩意儿，它体现了一种负责任的工作态度和对客户的尊重。就为这，同样是卖热水器，老六的生意就比别人的好。直到现在，将近二十年过去了，我家往墙上挂的电器没少换，也没见过一个安装工使用过老六那样的塑料

149

盒。用塑料袋子的倒是有了,但基本是做比成样,灰尘还是弄得哪儿都是。

老六的才能终于得以施展,但抱负还远未实现,他想当大老板。

老六走后我爸一个人继续修鞋,店名改了,叫"立本修鞋"。

第十二章

香姐和姐夫秦浩在1980年前后终于有消息了。

那天,我家收到一个来自四川的邮包。里面是一封长信和两套书。以下是信的一部分。

我们已经不能用感激这两个字来表达对你们一家的谢意……我们一辈子都忘不了你们所做的一切。秦浩说,是你们一家人对他的尊重和信任让他重新找回了尊严和自信。你们的举动不是所有人都能够做得出。小小年纪的立依、立忠、立德也都那么关照秦浩,你们知道吗,能给你们当老师是你们姐夫一生的荣幸。秦浩现在已经平反,身体也在康复中。我的身体不如他,但也能够完成工作,请勿念。

大叔大婶多年来含辛茹苦地培养弟弟妹妹们读书做人,弟弟妹妹们个个都勤勉自励,品学兼优。百万买宅,千万买邻,我们孟家有幸与你们雷家为邻。雷家的家风值得我们学习,并可以作为我们教育下一代的活教材。特别是,你们还替我这个不孝的女儿给我爸尽孝、送终……我爸临终的遗言代表了我们全家的心声,万望大叔大婶不要违背。我们两口子和北京的庆琴大姐都没有可能回车仗子居住，我们唯一的儿子就要去国外去读书，所以，家里的老房子就拜托你们居住。如果今后要办理产权，我们姐俩会协助出一切手续。大叔大婶，那房子现在是你们的，你们可以随意处置。但如果你们不想搬走，我们还是希望你们住在那儿，以后我们想家的时候也好有地方可去。

孩子走后我们在国内真就没有几个亲人了，你们全家就是这为数不多的亲人的一部分。等我俩身体恢复好了、工作稳定了，会回去探亲。大叔说过，房子必须有人住才能不荒废。住吧，大叔。我们回去时请为我们烧好火炕。

大叔大婶身体咋样，弟弟妹妹们近况如何，特别是立家、立人现在都在哪儿工作，都该成家立业了吧……总之家里的一切情况都来信告诉我们。我们虽远在千里，帮不上什么忙，但总可以出出主意啥的。

随信寄去几本书，希望对弟弟妹妹们有点帮助。立忠最喜欢听历史故事，你姐夫精选的这套历史故事集猜你一定会喜欢。立德喜欢理科，你姐夫就给你选了一套《凡尔纳科幻小说集》，希望能对你有所启发。祝你成为一个比你姐夫还有出息的大科学家。其他的弟弟妹妹们也要像你们大哥二哥那样，勤奋努力，不负父望，将来成为有用的人才。

大叔大婶也要保重身体。对孩子、对亲戚朋友，能做的你们都已经做了，没人能比你们做得好。保重好身体，健康长寿，好多给孩子们些尽孝的机会……

我是含着眼泪读完香姐的信的。最让我感动的是，我们几个小孩也没为姐夫做啥，香姐却还要感谢我们。从那天起，我就盼着远在四川的香姐和姐夫能回来探亲。尤其是姐夫，真想他。他的历史课是我听过的最过瘾的历史课。

我和老五至今仍珍藏着香姐邮来的那两套书。我最喜欢的是那本配图的《班超和三十六壮士》。姐夫知我也，我崇拜的英雄就是班超这种不仅胸有大志，而且文武兼备、胆识过人，真正能上马击狂胡，下马草军书的人。这本书老五也很喜欢，他甚至说就想成为班超那样既有抱负又有作为的人。那本很薄的小书被我们哥俩翻看得都卷了边，我心疼，给它包了书皮。

一直到老城区动迁改造，我们家再没有搬过家。

老孟大爷住过的正房我们一天也没去住，但不管春夏秋冬，我爸每天都要给那房子开窗透气，每周都要生火烧炕。门和窗户也隔几年就跟我家住的这偏房一起刷一遍油漆。玻璃也从来都擦得干干净净，没人看得出那是个空房子。我爸说，这院子到啥时候都是你老孟大爷的，我们要给照看好。每年，我爸都按时往那个存折上存钱。

冶炼厂效益最好的那些年盖了足够的家属楼，我爸和大哥都分了房子。我爸分的房子让三哥去住了，爸妈和我们继续住在老孟大爷这老院子里。

收到香姐邮包的第二年清明节，香姐夫妇回来探亲了。

香姐苍老了许多，都有白头发了。她进院就抱住我妈哭。姐夫本来就稀疏的头发掉得没剩几根，不过目光依旧锐利，性格依旧毛躁强势。

正房的火炕被我爸烧得热乎乎，被褥都是我妈新做的。从房顶到墙角，屋里收拾得一尘不染。老孟大爷的遗像放在屋正中的桃红色大柜上，香姐抚摸着遗像掉眼泪。

香姐这次不同寻常的探亲，让这个本很寻常的院子溢满了不同寻常的温情。我们几个小孩比过年时二哥大姐回来还兴奋，整天围着香姐、姐夫转。其实，在我们心里，他俩从来都是我们的家人。

我们一起去给老孟大爷上坟，我们围坐在大炕桌旁吃我妈做的炖鱼，吃完饭就在炕上唠嗑……那些天，我家跟过年一样热闹。我们围着姐夫让他继续给我们讲历史故事，姐夫说："哈哈，你们都长大了，姐夫原来的那些故事你们不见得喜欢听喽。"但说归说，讲还是不客气地开讲。从古到今，从国内到国际，一讲就到半夜，听着老长见识、老过瘾啦。每次都是香姐给他叫停，说孩子们明天还得上学呢，看你白话个没完，你以为又是给别人讲话做报告咋的。

姐夫不再搞科研，现在四川省教育厅当领导，具体是多大领导他们没说。

香姐这次回来住了五天。在这五天里她领着姐夫走遍了镇子里的每个角落，她说要让姐夫看到她走过的足迹。就是这一次，我才知道香姐是我们当地远近闻名的才女，当年以优异的成绩考入上海交大。她毕业时，得知她要去四川工作，老孟大爷红着眼圈说，香儿啊，你姐不在我身边，你能不能不走那么远哪。每回忆到这情景，香姐都会哭个不停。

他们临走时姐夫才说："我可能要去甘肃省卫生厅上班了，看来我和立人缘分未尽啊。"

姐夫回去后不久就赴任甘肃省卫生厅副厅长。

就像并不是所有人都适合做生意一样，也不是所有人都能上重点大学、当科学家。人的禀赋是有差别的，这没啥说的。我很早就承认这一点。不管老师咋鼓励，我都清楚自己考不上好大学。很简单——"讲天书"蒋天明老师出了一道数学题，我同桌的小连子唰唰唰不一会儿就做完了，我不仅研究半天算不出来，后来齐老师单就这道题讲了一节课，我也听天书似的没听懂。这就是差距，不是我不努力。

所以，1980年高考分数下来时我一点儿没犹豫就报了师范专科，根本没想过要再复习一年争取考个本科。不光是为了尽早减轻家里负担，而是看清自己也就这么大能耐，再咋复习也没用。那年小连子以全县第一名的成绩考入北京工业学院，也就是后来的北京理工大学。他是老五的偶像，老五曾发誓要超越他，考上清华北大。十分喜欢老五的蒋天明老师给他的这个誓言打了包票，说雷立德这孩子可比雷立忠聪明多了，他完全有实力考进一流大学。虽然高考时老五因语文拉分而没能实现誓言，但数学满分和当年大连工学院建筑系录取新生总分第一的成绩还是验证了蒋老师的眼力。

我小时的理想是当一个像我妈那样出色的瓦匠，后来修改为考建筑学院，毕业后当一名建筑工程师……这理想老五替我实现了。不过当老师也很不错，像我妈说的："咱家工农商学兵差不多都占全了，还真就没有当老师的，挺好的，当老师受人尊重。"

1987年老五本科毕业时有好几种选择。他可以读研，可以去一线二线城市，还可以出国。但他却选择了回到龙背岛。

那年，我们县升格为地级市，因辖区内的龙背岛具有较高的知名度，市名定为龙背岛市。我们车仗子镇同时撤镇建区，区名叫海湾区。我家所在的街道保留了车仗子这个名称，叫车仗子街道办事处。

这就是老五要回来的原因。他跟家里说：咱家这儿新建市，机会肯定比大城市多一些。大城市不缺我一个，咱家这儿可能真就缺我这样的人。

老五说得对。龙背岛市建市伊始，各类人才奇缺。那时大学生还是国家分配制，老五本来被分配到大连市城建局，我们龙背岛市分管城建的副市长听说有一个大工的高才生要回家乡来工作，立马指示市人事局和大连市人事局做好沟通，无论如何要把这个学生的档案给提过来。据说当时大连市说啥也不放人，我们市费了很多周折才把老五的档案给调过来。

市城建局希望他留在市局工作，老五表示要从基层干起……他被分在我们区城建局。他工作出色人缘又好，三年后被提拔为副局长。1993年，他成为该局的局长。那年他才二十九岁，是全区最年轻的科局长。

春风得意马蹄疾，老五样样都让同龄人羡慕。他媳妇叫周雪，市工商银行的干部。虽说是个事业型的女人，但对老五、对家庭那绝对是厅堂厨房两不误，对我爸妈也特孝顺。她进门后，我妈值点儿钱的好衣服都是她给买的。她给老五生了个漂亮女儿叫雷远芳，他们两口子忙工作，女儿是我妈一手带大的。

老五并不是我们家第一个当领导的。1984年，已经调到总厂技术处的大哥被派回二分厂任分厂厂长。

这之前，大哥的身份虽说是技术员，但和多数他那年代的大学生一样不受重视，平时干的活、享受的待遇基本和一线生产工人没啥区别，所学的专业也基本荒废。他还算是幸运的，冶炼厂不乏一流大学的毕业生，也都一直在车间推小车倒班。20世纪80年代之后，百废待兴的中国需要大量具备真才实学的人去填补人才断档，在这样的大背景下，很多优秀的"老五届"在尚能干一番事业的年龄走上了各级领导岗位。大哥是其中之一。

我也算争气，上班不到两年就被提拔为教导处主任。那时我们镇中学已经升级为区完全中学。

就在这一年，我认识了现在的媳妇顾冬梅。那年，为了培养幼教师资，教育局在我们学校办了唯一的一届两年制幼师中专班。这个班面向全社会招生，由于是学历班，毕业后又可以直接进入区直幼儿园当老师，所以对没学历没工作的女孩子很有吸引力。报名参考的人非常多，很多大学落榜的和已经上班但工作不理想的女孩也来报考。但想考上也不容易，文化课不说，能歌善舞、个人形象好也是必备的条件。顾冬梅以总分第一的成绩被录取。她是大学漏子，已经在冶炼厂干了两年临时工。

如果不是那个学期我们学校缺音乐老师，如果不是我提了教导处主任……我和顾冬梅估计也就以师生关系擦肩而过了。

学校的音乐课不能不开呀，我这个小主任得想辙。想啥辙呢，去幼师班借两个音乐好的学生来当代课老师不就完了。人当天就给推荐来了，其中之一就是顾冬梅。

就这么着，我这个主任和这个代课老师有了交集。是男追女。其实我们俩就相差两岁，那年我二十四她二十二。因为我长得比较老成，她长得像小丫头似的，我们又有师生的辈分在先，所以后来很多人都以为我们相差很多岁。

若不是我们俩都铁了心要在一起，我们俩的事肯定黄了。

第一个反对的是我爸。我说过我是个听话的好孩子，这么大的终身大事哪能不请示家里。我是在决定和她确定关系之前先请示爸妈的，拿着她的照片。我妈一个劲儿地摩挲着照片看，喜欢得不得了，说："这孩子白白净净长得受看，还善眉善面的，一看就是个根本人家的孩子。我稀罕。"我爸一如往常地坐在炕头喝茶水，听完我的介绍后半天不说话。我妈把照片递给他，他推回去，没看。我紧张极了。我预想过可能会这样，但没有想好该如何应对。

我爸终于说话了："人肯定是错不了，不然你不会相中，我信你的眼力。可我就想说一句话，你给我听好喽。你毕竟是老师，她毕竟是学生，你还是刚提拔的教导处主任，你们俩搞对象影响不好。所以，我不同意。"

他看了一眼我妈——后者正捧着照片用眼神示意他——接着说了一句："如果你非得和她好，那就等她毕业以后的吧。"

第二个反对的是校长。老头得到线报后几乎把震惊、恼怒和失望等所有表情都堆到了脸上。他把我找到办公室，问我："你知道某某伟人为啥威信不高吗？"我说我哪知道。他神情严峻地道出谈话的主旨——"就因为他娶了学生!"再往下,老头从培养我、提拔我说起,一直说到我的这件事对学校争创全市示范校的影响。说得我心服口服无话可说,当即表态要和顾冬梅同学"冻结关系"。

请注意是"冻结关系",而不是终结关系。我这人做事从不打马虎眼,我就是这样答应我爸的,和顾冬梅同学也是这么交代的。

"冻结?啥意思?你还想随时解冻咋的!"校长问。

我回答:"当然。不过不是随时,是等她毕业以后再解冻。校长,到那个时候我们不会再给咱们学校造成啥影响了吧。"

哈,就这样,两年后她一毕业我们就结婚了。我妈没看走眼,顾冬梅同学是一个兼具娟子姐和珍姐优点的贤惠媳妇。这个知识分子家庭的老丫头,竟没有一点娇气和造作。别看她身体纤弱,但性格敞亮,干起活来泥水不怵。进门的那天起就样样家务活拿得起来放得下,和婆婆妯娌处得更是没的说。我妈本来就跟娟子姐、珍姐处得那叫一个融洽,顾冬梅加入后这娘儿几个更是说说笑笑打打闹闹的开心得不得了。有街坊问我妈:"你家那么一大堆儿媳妇,你是咋调教的,处得都那么好。"我妈说:"我哪会调教,她们本来就都那么好,没一个是我管出来的。"

若问在顾冬梅毕业前的那两年当中我们是否真的"冻结"了,哈,爱情哪能冻得住,转入地下活动了呗。反正没给学校和我本人造成一点儿负面影响。

就这样,我娶了幼师班最漂亮的班花,又在不久后被提拔为副校长。虽然婚后的日子一直过得挺清苦,但也让老了人羡慕啦。

学校给我们分了房子,平房,没有院墙。我弄来一卡车石头,用一个暑假的时间自己垒好了围墙。我妈年纪大了,可非得来帮忙。我实在拗不过,开工的那天让她来象征性地做了技术指导。后来有同事来我家串门,惊叹原来小雷竟有这么好的瓦匠手艺。

婚后一年,顾冬梅生了儿子雷云。这小子,从小就是个破烂王加买卖精儿,活脱脱他老叔再世。要问当今哪儿还有小孩往家里捡破烂的,我家雷云便是。放学回家的路上只要发现他认为有价值的东西他都捡回来,矿泉水瓶子、螺丝钉、旧电线、木头块……门口堆一大堆。他写完作业就搬个小板凳坐在门口摆弄他那些宝贝。他干活特有条理,捡回来的东西都分门别类摆着。旧电线扒下塑料皮后,把里面的铜线、铝线捆成小捆,定期和矿泉水瓶子一起卖给收废品的。我看着有意思,说:"儿子呀,你这是要气死捡破烂的呀。"顾冬梅是个开通的人,她和我一样认为儿子的行为应该鼓励——热爱劳动、勤俭持家的孩子肯定是好孩子。只要有时间,我都会帮他拆解那些废品,可他不愿意我伸手,怕我给他弄乱了。

雷云卖破烂的钱顾冬梅一分不差地给攒着。差了也不行——那小子脑子里记着账呢,有一次他妈念叨了一句:"我说儿子,你快成咱家的首富啦,你的户头上都存了一千块钱啦。"雷云立马说:"不对吧妈,一千零二十四块钱好不好。"把他妈吓的,说:"这小子,看来我还真不敢昧下他一分钱哪。"

雷云常去他老叔的店里。去了就拿个小抹布东擦擦西擦擦,客人结账时这边计算器还没算完呢他就报出了金额,和计算器算的分毫不差。把老六稀罕得说,看来老叔是后继有人啦。老六还夸下海口,要把他侄儿培养成龙背岛市最大的CEO。

不过雷云和他老叔有一点最大的不同,那就是他老叔一端书本就困,雷云可是小学没毕业就把我家的藏书都读完了。他学习成绩不错,考上好学校当不成问题。

远在兰州的二哥凭自己的努力,成了一名优秀的胸外科医生。秦浩姐夫去甘肃任职之前他就和辉姐一起调入甘肃省人民医院。他们的一双儿女雷军和雷红只来过车仗子两次,都像二哥似的瘦高个子。雷军的性格可不像他爸,他爸小时候争强好斗伶牙俐齿。他像辉姐,老实忠厚不善言辞。来车仗子时,他没几天就被街坊孩子给欺负哭了，还是三哥家俩儿子雷波、雷涛替他出的头。雷红天生是个学霸才女，不管谁问她长大了想干啥，她都一个答案——出国留学。

由于离得相对较近，大连的大姐和家里的联系就比二哥多多了。他们一家差不多每年都回车仗子，我们也常去大连。爷奶过世之后，大姐家是我们奔大连的主要目的地。每次去大连也都去南关岭看望老叔老婶，但不敢像在大姐家里那么放肆。

我们家办不起婚礼，我和老五都是去大连旅行结婚的。我结婚时老五还没毕业，他挎着长春哥那架珠江牌胶片单反全程陪着我和顾冬梅游玩。记得那时劳动公园还没扒，在那处著名的"劳动创造世界"石刻前，老五给我和新娘子拍了一张远比照相馆的结婚照有意义的照片。那是一个温暖无风的冬日，顾冬梅穿一件红呢子上衣，戴着我妈为她编织的白色绒线帽，帽子右边她自己绣了一朵红绒花。我则穿一身当时的全民着装蓝色中山服，老岳母给买的，一等毛料。那时，上午的好阳光照在我们年轻的脸上，拥有的亲情爱情加上好身体让我们对未来充满毫无疑问的美好憧憬。这份憧憬，连同身后巨石上的"劳动创造世界"一同被老五记录在了胶片上。几十年后我们夫妻再看这张照片时，不约而同地发出这样的感慨——几十年中我们劳动所得已经远远超出当初的设计和预想。感谢双手，感谢劳动。

只可惜，地处黄金地段的劳动公园早已经"理所当然"地被商业机构吞没，为生计劳碌奔波的劳动者们再也找不到那块可供品味劳动价值的石刻了。在密集的车流和焦灼的噪声中，更是寻不见那处可供你哪怕歇一步、停一刻，甚至是喘一口气的所在了。

大姐和长春哥最初想把儿子肖晓曦培养成一个盛中国那样的小提琴家。原因之一大概是长春哥会拉小提琴。可苦了我这听话的好外甥，初中之前天天回家不干别的，就扛着个小提琴嘎吱嘎吱地

第十二章

拉,旁边长春哥拿着个小棍儿监督,把孩子累得眼泪一串一串地往下掉。长年累月,小手都磨出了厚厚的茧子。结果呢,孩子上初中之后他们两口子才明白强扭的瓜不甜。孩子没兴趣,家长咋较劲也没用,还耽误文化课。这才放弃学琴。肖晓曦同学从此再也没有摸过那把小提琴——不,摸过,他结婚的时候。是婚礼公司给设计的求婚秀……晓曦拉着小提琴出场,一路嘎吱嘎吱地走到新娘跟前,单膝跪地,求婚。台下雷杉、雷波、雷涛这些表哥一个个掌声如雷,齐说:"晓曦这小提琴终于派上用场啦!"

三哥家雷波和雷涛这俩小子是下一代中最不爱学习的。聪明劲那是没比,就是对学习不感兴趣。珍姐秉承一贯的教育理念,道德教育差一分一毫都不行,学习成绩嘛,随他去。三哥见这俩儿子没一个像他当年叱咤风云三道杠,有时难免会急眼,尤其是开完家长会之后。这种时候珍姐会急了眼地劝,实在劝不住就搬我爸我妈出面。部分认同珍姐育人观的我爸我妈当然会阻止三哥打孩子。我妈会说:"你们兄弟姊妹七个,你爸没动过一个手指头……"我爸会说:"当年要是非得逼着立本学习,他也许还出息不成今天这样。玉珍说得对,学习不好不见得就没出息,得济的也不见得都是学习好的。"

不过雷波和雷涛这俩小子忒淘。有一次哥俩觉得邻居家的那一池子臭煤焦油挺好玩,便撅着屁股没完没了地摆弄。结果瘦小的雷涛脚下一滑扑进臭油池,从小身体就壮实的雷波立马出手相救……救倒是救出来了,雷涛已经从头到脚满是臭油子,雷波的膝盖以下也未能幸免。咋整啊,这哥俩聪明,效仿前辈,往大妈家跑!

娟子姐一看到这俩满身黑臭油的油猴子,吓得、急得、心疼得眼泪都下来了。咋收拾呀,这可不比当年我们把棉裤烧出窟窿,衣服可以重新做,这满身臭油子可咋弄下来呀。娟子姐拿出一瓶汽油,试着擦雷涛脸上的臭油,结果煤焦油被汽油溶解后反倒稀溜溜

161

的擦不掉。雷杉受五叔影响，懂的事多，他玩过这玩意儿，知道它有遇冷变脆的物理属性，便接了一大盆冰凉的自来水，给雷涛来了个冰水灌顶！雷涛被激得直打哆嗦……三盆凉水下去，雷涛满身的臭油变得脆硬，娟子姐和雷杉每人拿个小勺从他脸上一小块一小块地往下抠，雷波也用手自己抠。脸上的好歹都抠下来了，半边头发上的可就没法抠了。正研究咋办的时候大哥下班回来了，说："这好办，给剃光头不就完了，这事我办过。"娟子姐迟疑，说："那玉珍不就知道了吗？"大哥哈哈大笑，说："咋，都这样了你还指望不让玉珍知道哇。"娟子姐一想也是，便拿出我妈传给她的那把推子，三下五除二给雷涛剃度了。

　　脸和头发解决了，衣服和鞋可真就没有解决方案了。最让人心疼、最没法跟珍姐交代的，是这哥俩穿的是三哥去青岛出远洋买回来的翻毛皮鞋，刚上脚，崭新的……大哥骑上自行车奔了大百货，满柜台踅摸也买不到同样款的，没办法，给雷涛买了双价钱差不多的，又给那哥俩每人买了一身衣服。回到家把雷杉脚上那双一样的翻毛皮鞋脱下来给雷波穿上——雷杉和雷波脚一样大，三哥出远洋时只要给孩子买东西都带着雷杉的份儿。正琢磨咋跟珍姐交代的时候，听到风声的珍姐跑来了。一见雷涛的光头和地上那一堆看不出模样的衣服鞋子，珍姐竟气得笑了。娟子姐纳闷珍姐这回咋不动手拧他们的耳朵，珍姐说："挺好哇挺好，这俩玩意儿没给我掉大粪坑里就挺好。前几天我对门家小喜子可不就掉粪坑里啦，差点儿淹死不说，他妈给他浑身上下洗了十多遍也没洗净大粪味。"

　　糊满臭油的衣服鞋子可燃性极佳，娟子姐拿它们生炉子引火，效果不亚于当年大哥的那身浸了原油的衣服。

　　雷波从小就喜欢舞枪弄棒，和宋大勇的儿子宋海一起跟宋大勇练了好几年武，平时还专爱看武侠片。仗着会那么三拳两脚，加上身板壮实，这小子很爱打抱不平、直个罗锅啥的。一来二去在附近就有了些名气,那些不咋样的混子见到他都躲得远远的。

雷涛小个儿,像三哥,心地善良、勤劳忠厚的劲儿也像三哥。这哥俩中学毕业后一起创业,从卖海货、倒腾服装起步,到三哥失去劳动能力时,他们已经有了三家自己的餐馆。

雷波的仗义遗传给了下一代。他的宝贝儿子大龙刚上学时,同班一个小男生坏肚子把大便拉到了裤子里,当时老师不在,别的小同学都捂着鼻子躲得远远的,只有大龙过去扶着这个同学去卫生间,还帮着清洗。这件事让那个学生的家长很感激不说,更把班主任老师感动得不行。开家长会时她对所有的家长说:"我为有雷云龙这样的学生感到骄傲。一个在家里都需要大人照顾的七岁孩子,竟能在那样的时刻向同学伸出援手。这举动,连我们这些成年人都不见得全能做到。雷云龙这件事让我们老师和家长都应该思索这样一个问题,那就是我们究竟要培养什么样的人。只有高分数而无视友情、冷漠对待需要帮助的人,这样的学生是我们需要的人吗?相对于这样的孩子,我喜欢雷云龙。我可以肯定地说,未来,即使雷云龙考不上名牌大学,他也会是一个优秀的社会成员。"

我特稀罕大龙这孩子。他爱锻炼,每到寒暑假,我这四爷都带他去学校的训练馆健身。

雷杉、雷波、雷涛这哥仨平时几乎形影不离,但摆弄臭油子这样的事雷杉肯定不会参与。雷杉长得高壮英俊,像极了大哥,学习也非常好,就是胆子有点小。有坏孩子欺负他的时候都是雷波出面摆平。雷波自己的力量不够时,就找宋海帮忙。

雷杉这长孙是我妈带大的第一个孙辈,他出生时我和老五老六还都是孩子。仨小叔都很带才,平时很呵护他。他也老实听话,我们出去玩都爱带着他。雷杉从小就懂得尊老爱幼,我妈给他的专属好吃的,他必须先让我们几个小叔尝。我们虽小,但毕竟得有个当叔的样儿,雷杉让我们尝的东西我们再馋也不能真吃。有一次老六

163

没控制住，犯忌了，把雷杉递过来的苹果咔嚓一口给尝去一半！雷杉心疼和惊讶得眼泪围眼圈转，可孩子有教养，以后再有好吃的照旧递给这败家老叔品尝。这件事，后来老六的新娘张秀秀进门时，长侄儿雷杉添油加醋地向老婶做了控诉。张秀秀当场就给了老六一个大脖溜子，说看不出来你小时候如此不讲究。

大哥的闺女雷玉和她大姑一样天生是个假小子疯丫头，每看到她领着一帮小丫头进进出出地疯玩，娟子姐都会愁，念叨："这丫头长大能找到婆家吗？"

从雷杉开始，对每一个带过的孙辈，我妈都控制他们吃海物。道理嘛，还是小时候对我们讲的那句话——"海物太鲜，是解馋的稀罕物，不能多吃，吃多了就啥都不觉得鲜啦。"除了海物，烧烤、麻辣火锅这类口味浓烈的食物更是不让孩子们沾边。对这一做法，儿媳妇们最初没有一个不反对。道理也很简单——孩子们在长身体，海物是最好的营养品，应该多吃才是。

我妈没念过书，表达不出她这做法的深意，可我们哥儿几个最懂。那深意就是：人生的路很长，不能让孩子过早尝遍最美的滋味。那样的话，味蕾会过早麻木，幸福感的阈值会越来越高，物欲的增长会变得失去节制，对生活的感恩之心和对劳动的尊重、敬畏之情就会变淡。说白了，就是不能让一切来得那么容易。

我们分别说服了自己的媳妇。

感谢我妈。在她的教育下，雷家没出过一个好吃懒做的子孙。从一口吃的抓起，她让自己的后代都成长为勤奋节俭并自食其力的劳动者。

说老六对商机有敏锐的嗅觉一点儿也不夸张，从老五当上股长的那天起，他就盯着老五想弄点儿城建的工程干干，老五当上局长后他更是急了眼地磨老五。那天，他正式来到老五的办公室，说：

"咱们区一年的城建预算那么多，给谁干不是干，我干保准还比别人干得好。"

老五说："这个我信。不过要是别人当这个局长还可以，我当局长可就不行了。"

"为啥呢？"老六问。

"就为你是我弟弟。我刚上来，基础还不稳，不想让别人说三道四。"老五说。

"切。你弟弟咋了？照你这意思，你要是当了市长，我在龙背城摆摊都不行了呗。"老六火气上来了。

"你卖电器不是挺好的嘛，到这儿来掺和啥呀。再说你也没施工资质呀。"

"资质？资质是问题吗？你说我找哪个工程队挂靠一下他们不都得乐死呀。再说我也没敢想盖大楼，你从手指缝给我漏出点儿修水沟、垒护坡这样的小活儿我就感激不尽啦。"老六越说越激动。

老五说："反正就是不行。这样吧，等你再卖几年电器打点儿基础，我推荐你到别的区去揽点儿活行不？"

"去别处揽活就不劳你大驾啦。"

老六变了脸色，站起来就走，走到门口又踅回来，眼泪围着眼圈地说："五哥，你看谁家出个当官的不是全家跟着吃香的喝辣的。就你是好人，别人都是腐败分子呗。人家可都比你官大。我不指望跟你吃香的喝辣的，我自信不靠任何人也能养活自己。我今儿个就是想提醒你一句，咱爸咱妈培养你们念书不是为了跟你们受一辈子苦。你现在掌握着赚钱的资源知道不？你完全可以在不犯错误的情况下让我少赚点儿，我赚了钱不会给你行贿，也不会去吃喝嫖赌，我要拿这钱给咱爸咱妈尽孝。你看别人家儿女有出息的都带着爹妈天南海北地玩，咱们家七个孩子谁能做得到？你这个大局长能做到吗？咱爸咱妈不会永远这么健康的……既然你说不行，我从今以后不会再来求你。"

哥俩就这么整掰了。

在这件事上我毫不含糊地支持老五。他前途无量，必须守住清贫守住清廉，家里人不能给他添一点麻烦。我专门找老六谈我的想法，他不反驳，说："四哥，这样也挺好的，让我断了有依靠的念想。放心，我雷立本谁也不靠也要混出个人样给你们看。"

这之前，老六还想往大哥的厂子推销点劳保用品啥的，大哥也回绝了他。

子欲养而亲不待。老六不幸而言中——在老六和老五整掰了的第二年，也就是1994年，我爸去世了，享年七十三岁。

第十三章

我爸的病来得很突然。

修鞋店没扒的时候他每天去店里。活多活少无所谓，为的是有个营生。宋金斗大叔和老魏二叔差不多每天都去店里跟他唠嗑。老哥仨每人一大茶缸子茶水，这茶水没有喝完的时候，嗑更是没有唠完的时候。宋大婶前几年去世了，宋大勇要把大叔接过去一起住，大叔不去。他本来一直用小船下螃蟹笼子来着，大婶去世前跟他说："老头啊，以后你别杀生啦，把船卖了吧。"大叔从此不再下海。每天到街里的"立本修鞋店"坐半天，几乎是他唯一的室外活动。宋大婶去世时老六哭得很厉害，他记得小时候常吃大婶家的饭，记得他守着仓房不让大婶去背粮食。

后来老城区改造，修鞋店那片房子动迁了。家里人反对我爸去别的地方继续修鞋，我爸便从此结束了修鞋这营生。这个营生没了，我爸仿佛一下子不知道该干啥，人也明显苍老了许多，但腰背依然挺直。每天去幼儿园接送雷云和雷远芳成了他一天中唯一的工作。宋金斗大叔和老魏二叔没了修鞋店可去，也无所适从，改为每天晚饭后端着茶缸子来我家院子唠嗑。老魏二叔本计划弄几根钓竿，老哥仨没事去海边钓鱼，我爸提醒他宋金斗大叔不杀生，他才放弃这计划。

那几天我爸发烧头疼。他以往头疼脑热从不跟别人说，也不吃药，这次肯定是挺不住了，才跟我妈要了两片去痛片吃，我妈一摸他的脑门热得吓人，让他赶紧去医院，他说啥也不去。我妈没办法告诉了我，我赶紧回家带他去了冶炼厂职工医院。大夫说是普通感冒，给打了退烧针又开了些药就让回来了。回家后我爸烧退了，人也精神了，只是很少撒尿，腿也有些浮肿。我们以为没啥事了。然而，两天后他突然晕倒在院子里。我们把他送到市医院，医院诊断为流行性出血热。医生说由于耽误了治疗，病人肾脏已经受到不可逆转的损害，随时会有生命危险。

我们简直不相信这是真的。

进入市医院时我爸已经开始肾衰竭，住院一段时间后大夫告知我们，必须赶快去大医院做透析才能维持生命。那时我爸已经十分虚弱，脸黄得吓人。看着曾经高大强壮的他如今眼窝深陷地平卧在病床上，虚弱得连说话的力气都没有，我心里万分自责——如果我直接送他来市医院，结果肯定不会是这样。兄弟们没有一个人说过埋怨我的话，但这让我心里更难受。

之后的日子我们陪着我爸分别去沈阳、北京等大医院治疗。爸的肾脏已无法挽救，几次透析之后北京的大夫说除非做肾脏移植，否则就做最坏的打算吧。

如果决定了做移植，必须同时交纳足够的费用。

我们兄弟六个都表示要给爸捐肾，但前提还是必须钱到位。钱到位院方才能着手给我们做肾脏配型或寻找其他肾源。医生说，如果再拖延，我爸的其他器官要是也衰竭了，移植就没法做了。

非公费转院的辗转就医已经花光我们全家能拿得出的钱，肾脏移植高达几十万的手术费和高昂的后续费用让我们兄弟姊妹第一次直面金钱的冷笑。

很简单,拿得出四十万我爸就能活下去,拿不出来我爸就只能等死。多深的爱、多伟大的信仰、多坚韧的操守都没用。

那几天,我们兄弟姊妹不仅仅体验到了金钱对人类命运的绝对操控力,我们前半生的所认知的一切,包括从小就形成的价值观,都在这非生即死的困局中遭遇了非生即死的冲击和考验。

我们拿不出那么多钱。或者说短时间内筹不到那么多钱。

听到医生的话后,老六留下一句:"等着,我回去拿钱。"就回了龙背岛。

我知道他要回去做什么。他要回去卖了他刚刚买下的门市。就是那个他已经租了四年的门市。从修鞋开始,他就梦想有一个属于自己的门市房,为了这个梦想他已经努力了十一年。

我没有一分钱积蓄,也没有东西可卖。那时还没房改,房子是单位的……前期给我爸治病的两万块钱还是岳父岳母给我出的。我把能张口借钱的所有朋友都记到小本子上,计划马上赶回龙背岛。在那家家都不富裕的年代,我能筹到的不会超过两万三万。这就是我爸生养我三十三年后所能得到的回报。

哥姐们也都处在事业爬坡阶段,生活的负担都很沉重,境况不比我强多少。最让我心疼的是二哥,他带着四万块钱从甘肃赶回来,人瘦得皮包骨。问他是不是身体有啥问题,他说我从小不就这样吗,身体没问题,能吃能睡的,就是工作累一些。其实,那时他的身体已经有问题了。他整天忙于工作,不把自己的身体当回事。这个没收过一个红包的胸外科主任,这么些年只攒下了三万块钱——他带回的四万块钱里有一万是香姐让捎来的。香姐同时让二哥捎来话:看病需要钱的话就抓紧把正房卖掉。

大哥和老五虽是厂长局长,但收入并不比我多多少,他们也和我一样准备借钱。这之前我爸在市医院住院时,分别有人给大哥和老五送过装钱的信封,他们都原封不动地给退了回去。

大姐拿出了原计划让老六买摊床的三万块钱,那是她家唯一的积蓄。兄弟姊妹中三哥的收入最高,但珍姐多年没有正式工作,他们没单独立户的那很多年里,全部收入还都交给家里,到自己支门过日子时,我妈留给他们的那点儿可怜家底还不够给新家添置家具。但即使这样,珍姐还是拿出了两万块钱。

老六回来了,拎着一包钱。那时龙背城的门市不好卖,他急着用钱,十八万买下的房子只卖了这十四万。

看着奔忙得蓬头垢面的老六,我一时间觉得我这个整天站在讲台前给学生传道授业解惑的老师竟如一团棉絮般苍白轻飘,站都站不稳;作为当哥的平日里对老兄弟的说教,也都像北京城这空气里的浮尘一样没有一点分量。

钱还差得太多,就算我们再分头回去借钱,也没有可能筹够需要的数目……命悬一线的我爸躺在病房里等着我们这些儿子决定他的生死。那时,我们兄弟六个在301医院旁边的一个小旅馆里,医院病房只有大姐一个人在陪伴我爸。那时刻,我们第一次真正知道了什么是叫天天不应叫地地不灵。我们互望着,强烈的失败感和无助感在这狭小的房间里弥漫。这时刻,即使我们兄弟六个把十二只手六十个手指紧紧地握在一起,以上两种感觉也不会减弱。那时刻,我们就是六个撑不起家的没用的小孩。

老六盯了老五一眼,眼泪在眼窝里打转。

老五说:"立本,你说吧。你说了,我心里能好受一些。"

老六说:"你心里好受了就能救咱爸吗?"

老五不吱声,脸蜡黄。二哥的身体显然受不住这些天的操劳,他坐在床边,眼窝深陷地看着我们。大哥三哥都没说话。我们和老五一样,都知道老六想说啥。

"你还是说吧,你说的话估计也是我自己想说的。"老五说。他从不抽烟，这几天买来一条烟，一支接一支地抽。

"那好吧，这是你让我说的。"老六说，"大哥，咱爸就要死了，他养了咱们六个儿子呀……要是一个两个的我不会觉得这么悲哀。六个呀，六个儿子加在一起都救不了咱爸的命！最悲哀的是你们倒是都念了大学了，都有知识有水平了，又当官了，到最后咋了？不还是得靠钱才能救咱爸的命吗？别人送钱你们不敢要，我帮你们挣钱你们还不干。咋，不用钱大夫就能冲你们的面子给咱爸换肾？咱们都想当孝子是吧，爸连命都没了，咱还当个屁孝子！五哥，我恨你。你要是给我活儿干，你不用犯错，咱全家也不用犯难就能救了咱爸！"

老六眼泪吧嗒吧嗒往下掉。

大哥低头擦眼角，他肯定不想让弟弟们看到他流眼泪。他的鬓发已经有些花白，没当厂长的那些年，他以微笑和勤勉来回应时代对他的漠视、来对待那份无关紧要的工作，那时他一点儿都不见老。当了这个资不抵债、濒临倒闭的企业的领导后，他老得很快——他用一腔血来对待职责，尽管他知道他无力回天。有私人企业出高薪来挖他去给管理厂子，他回绝。他说他舍不得那些跟他干的兄弟。

"立本，你说得对。不过你不该恨立德，我是老大，一切都是因为我无能，你要恨就恨大哥吧。"大哥说。

"不，大哥，立本该恨我。我自己都恨我自己。放心立本，我会对你有个交代。"老五说。

老六说："我不需要你交代。"

老五说："那我就对咱家里有个交代吧。"

我说："其实咱爸的病是我给耽误的，要恨就都恨我吧。"

大哥说："这不怪你一个人，咱们都不是合格的儿子。要是咱爸撒不下来尿时就马上送医院，或许还有救。"

…………

钱,救人命、要人命、夺人尊严、让人绝望的钱,这个时候自己出现了。出现得很容易。

我们回到病房时,大姐说刚刚有人来过,来人说是立德的朋友,留下了一包东西说是补品。大姐指了指床下,那是一个装礼品的袋子。

"谁送的?"老五问。"说是叫刘玉贵。他说是咱家邻居,还认识我。我实在认不出他来。"大姐说。

一听到这个名字,我心里一沉。看了一眼老五,老五皱着眉头。

刘玉贵是刘玉福最小的弟弟。他从小打架斗殴耍流氓,不比他哥强多少。这些年不知他咋处的,跟老五的前任关系特殊好。就因这层关系,小子实实在在地发了,现在自己成立了一个建筑开发公司,出出进进都是小车随从,报纸电视也常露脸,说是"我市知名企业家"啥的。据他自己说区长市长都是他的哥们儿。

"他说啥了吗?"老五问。

"他就说这些补品大叔正需要。"大姐说。

我们盯着那个袋子,谁也没再说话。我爸醒来,已经被病痛折磨得没了一点儿灵光的眼睛逐个看了一遍我们。那目光如此茫然无助,我心痛得不忍承接这目光。

老五说话了:"他的东西我不想碰,四哥,你帮我看看是啥东西。"

我已经预感到那是啥。我过去拎了一下那袋子,方方正正的,很沉,没有十斤也足有七八斤。不可能是补品,补品不会这么沉。我解开里面的黑塑料袋——那里面齐齐地码着一捆一捆的百元钞!我赶紧系上袋子。

科主任来了,把我们喊到办公室,说今明两天必须定下来是否做移植,否则来不及了。

做决断的时候到了。那是在301医院泌尿外科病房走廊的尽头,我们哥儿六个。

第十三章

老五说:"那袋子里的钱不干净,但它能救咱爸的命。"他掏出一支烟放嘴里嚼,"从我上任的那天起刘玉贵就盯着要工程。我知道他过去的猫腻,咱区里有多少豆腐渣工程他就赚了多少昧心钱。我一分钱的工程也不能给他,这就是我为啥一分钱的工程也不能给立本干。他盯着呢,另外还有很多人盯着呢。他没吹牛,他跟很多比我官大的人是哥们儿。为他的事,不少领导对我不满意,前几天我最大的领导明确地让我把一个大工程给他。知道了吧,我就是不收他的这些钱也得让他干。不然他就可以让我下课。"

老五把嚼碎的烟末吐掉。

"好吧。只要能救咱爸,我就把后半生卖给那个姓刘的吧。"他说。

"不行!"老六说,"就算咱家都死绝了也不能收他的钱!"他嘴唇哆嗦着,脸都青了。

这时大姐过来了,说咱爸喊你们进去。

我爸依旧平躺在床上,大姐给他垫高了枕头。即使衰弱到如此程度,他的头发依旧硬挺。大姐刚给他洗过脸梳过头,他那沾过水的发际线清晰锐利,完全不像一个年过七旬生命垂危的老人。他的体力似有所恢复,生命的光芒重在眼中闪现。

"你们都站好,我有话要跟你们交代。"我爸说。他刚刮过胡子的下巴因太过瘦削而愈显刀雕般方正刚硬。

这是第一次。我们雷家全部子女一个不少地站在父亲的床前。

"爸要提醒你们一件事。那就是,人终归要死的,爸也不会例外。爸的寿限已到,如果就为了能让爸多活几天,你们中的一个得给我割一个肾,整个雷家还得背上还不完的饥荒,这不划算。爸这辈子把你们姊妹七个抚养成人,爸已经值了。你们要是给我换肾,那就不值了。你们得冷静。听到了吧。立家,你是老大,这种时候更得冷静。你不跟我说我也全知道了,立依跟我说的。你们别埋怨她,她不说不行。"

我爸声音不高,说得很平静。但每一句话都说得比平时更威严、更不容商榷。这些话消耗了他的体力,他停了一会儿。大姐忍不住开始抽泣。

"听好了,不许给我换肾。别动这心思。今天就送我回龙背岛,我想最后的时候跟你妈在一起。"

说完这话他逐个看我们。那一刻,七十三年的父爱都凝聚在这对每个人的注视中。泪水模糊了我的眼睛……可我不能哭也不敢哭,我爸最看不上男人哭。

"立家,立德,你们当官的第一天我都跟你们说过,想当官就别想挣钱,想挣钱就别当官。你们都是这么做的,挺好,以后还得一直这么做。爸死不足惜,可你们要是收了不该收的钱,那就比死还悲哀呀。老雷家可以不出当官的,但不能出贪官。都给我记住喽。"

我爸停下轻咳了两声。

"记住了,放心吧,爸。"大哥和老五说。

"记住了就好。还有,你们就是去要饭,也不能打你老孟大爷房子的主意。好啦,爸都交代完了。来吧,趁爸还能抬得动手,我想摸摸你们每个人的脑袋。"

临床的病友忍不住哭出了声。

这之后,从大哥开始,我爸逐个抚摸我们的头。

就这样,我爸终于在他临终之前弥补了我此生的遗憾。

他的手掌温凉舒展,没有我想象中的僵硬粗粝。这大手曾砸死日本兵,曾抱着大哥牵着老叔漂洋过海亡命关外,曾摇橹拔锚持锤子扳手以养活全家……这曾经强悍无比的大手在做这仪式般的抚摸时,竟是如此轻柔温存。那时,我双膝跪地,病房、输液架,还有我的兄弟姊妹全部消失……万籁无声,天地间只有我爸在摸我的头。温凉舒展的大手抚过我的头发,父爱,在这唯一的也是最后的一次抚摸中永恒。

我爸没对我说一句话，抬起手之前还轻拍了拍我的头，这是对我毫无牵挂的表示。

摸二哥的头时，他说："立人，你得心疼自己。身体垮了，有多大本事都没用。你早点儿回甘肃吧，别在这边耗着。"

摸三哥的头时，他说："立国，爸这辈子做的最没能耐的事儿就是没让你上学、没让你当兵。你别记恨爸。"

头发花白的三哥哭着说："爸，我不记恨，不记恨。"

摸过我们每个人的头，爸疲倦地合上眼睛。就在这时，我妈和娟子姐、珍姐出现在病房门口。

老六回龙背岛时只跟我妈说要给我爸换肾，让她不用担心。我妈随后就和俩儿媳妇坐火车赶到了北京。买不起卧铺，她们坐的是硬座。那年我妈已经六十七岁。

我妈没听到我爸刚才对我们的交代。她把我们叫到走廊，说："能做的你们哥儿几个都做了。我不同意给你爸换肾。你们不用借钱了。你爸那儿我去跟他说，他会同意。去找车，拉我和你爸回龙背岛。"

....

那天，301医院的救护车载着垂危的我爸回到龙背岛。一周后他离开了我们。他唯一的遗言是让我妈把那个攒着房租的存折交给香姐。

远在兰州的香姐夫妇回来给我爸送葬。

从北京回来的当天，我和老六把那一袋子钱送还刘玉贵。他讪笑了一下说："唉，你们这是何苦呢。"老六说："没啥何苦，我爸不需要补品。如果需要，我们自己会买。"

下葬时老六烧了纸糊的汽车、别墅、游艇，念叨："爸，儿子不孝，只能让你到那边去享受啦。"

半年后，五十三岁的大哥办理了预退手续，去盘锦的一家私营企业当了厂长，年薪三十万。其时，曾经的国家特大型企业龙背岛冶炼厂即将被私企收购。大哥带走了一直跟着他干的全套技术和管理班子。两年的北大荒农垦经历、六年的军旅生涯和近二十年大企业不同岗位的锤炼，让大哥具备管理相同规模企业的能力。他宽厚包容的性格和忠诚担当的人品更是赢得下属的广泛拥戴和希望聘他的老板们的青睐。

盘锦这个厂子是小连子任CEO那个公司的下属企业。

本来，毕业就在北京创业的小连子曾多次劝我去北京跟他一起干。我倒不是舍不得放弃我这份体制内的工作，我是知道自己的半斤八两，也知道他并不需要我这专业的人。让我去，实在是为了儿时的情分。所以我不会去。我这样的人小连子不缺，但大哥这样的人他急需，他们集团这几年收购和新建了好几个冶炼化工企业。我推荐了大哥。

办完我爸的丧事之后老五就写好了辞职书。他有四个已经在大连下海的同学在等着他一起去组建新公司，他们现有的公司叫"四海"，如果老五去了，新公司就叫"五洲"。他们几个大学时是死党，老五是他们的头儿。

我和大哥都不同意老五放弃目前的工作。大哥说："你和我不一样，我是必须另寻生路。你是前途无量才刚上路，你真的忍心让七年的努力付之东流？"

老五说："大哥，没啥不忍心。我说过要对家里有个交代。咱爸走了，咱妈还活着，我不想让咱妈跟着咱们受一辈子穷。更不想有那么一天眼睁睁地救不了咱妈。我和周雪都是公职人员，我算了一下，就算我们一家三口不吃不喝，如果不涨工资，我们到退休也攒不下那刘玉贵一年挣的钱。没错，当官做事是我的理想，可现在挣钱也是我的理想。既然这两者不可兼得，我就先挣了钱再说吧。我才三十岁,等挣足了养家尽孝的钱之后再回来也不是不行。"

"立德,哪能有现成的位子给你留着呀。"我说。

"四哥,那都不重要了。"老五说,"大哥,四哥,告诉你们吧,我得罪了刘玉贵就等于得罪了很多人。我在医院说的不是假话,我的这个局长估计干不长了,有传言说最近就要调整我。与其等着现眼,还不如主动离开。并且,我要证明给全龙背岛的人看,我雷立德并不是不会挣钱,我挣的钱肯定还不是昧心钱。我还要在自己的公司既当官又挣钱。我跟周雪商量了,她同意。其实,她早就希望我换个活法。她说我本来就没必要回龙背岛来证明自己,她认为我应该去更广阔的天地创业。"

老五显然主意已定。我爸去世后这些天他心事重重,人很憔悴。没能救我爸这件事对我们兄弟的刺激都很大,但我没想到他真就下了这样的决心。

但他和大哥都还需要得到我妈的允许。

这是我家的规矩。

那晚,我妈坐在炕上,我们哥儿几个坐在地上的凳子上。这是我爸去世后的第一次家庭会议。炕头,我爸的位置空着,他的茶缸子依旧摆在那儿。我妈盘腿坐在炕梢。

"立家的事就那么办吧。别说有这么好的机会,就算差一点儿的都行啊。冶炼厂马上就要改制,立家和娟子不能都下岗。"我妈说。

"立德呀,妈问你句话行吗?"她问老五。

"妈,你问吧。"老五说。

我妈问:"立德,当初你哪儿都不去,非得回咱车仗子,是为啥呢,你再说说。"

老五迟疑一会儿,说:"我觉得我能比他们做得好,我想证明一下。"

"好。我再问你,你想辞职下海是不是因为咱家缺钱?"我妈继续问。

老五说:"是。也不全是。"

我妈说:"我不管是不是全是,反正咱家很快就不缺钱了。盘锦的厂子不是说好了吗,你大哥去了工资会很高。再说,妈的身板硬实,也不用你们花啥钱。你可不能为了妈放弃了自个儿的前程啊。"

"妈,我说了不全是为钱。你不知道,我干得很憋气。现在社会风气不好,我又不想同流合污,所以我这样的人不吃香,再咋干也不会有啥前途。"

"不是为了钱就好。立德呀,你从小就有恒心,没干过一件半途而废的事。妈最稀罕的就是你的这股劲儿。咋,你才回来这么几年就打退堂鼓啦?你回来的那一天你爸就提醒过你当官不容易。不当官你只为媳妇孩子负责就够了,当了官你还得为你的上级、下级还有老百姓负责。难、憋气那是肯定的,你不是今儿个才知道。要是不憋气、不为难,背着手就能干好,那岂不是长个脑袋的就能干。你不是想证明你比他们强吗,你还没证明完呢,就这么灰溜溜地走啦?你知道你这一走得有多少人笑话你和咱家吗?妈从来没指望你们光宗耀祖,可妈不能让别人笑话我的孩子。除非你当初不回来,回来了你就得咬着牙干出个名堂来才能走!"

我妈腰板溜直地坐在炕梢,手里攥着那把几乎只剩下笤帚把儿的笤帚疙瘩。我们成年以后这把笤帚疙瘩只保留了扫炕这一个功能,但我妈还会在特殊激动的时候习惯性地攥着它。让我妈特殊激动的时候已经很少——我们这些长大成人的孩子已经很少惹她生气。今儿我妈攥着笤帚疙瘩的手都有些颤抖,可见,老五的决定让她极其失望、极其生气。

"妈,我只能说我没这个本事啦。有的领导说我孤傲独断,办事不够灵活。看来我真的不适合在机关干。"

"瞎说!不许你说这没出息的话。你要是不适合就没人适合啦!要说立忠不适合我信,他有时心肠太软不敢下决断;说你二哥不适合我也信,他脾气太暴太霸道。只有说你不适合我不信。咱们家只有你跟他们都不一样。立德子呀立德子,干来干去你就这么给自己做决断?不灵活那就对了,太圆滑你就不是咱雷家的子孙了,国家也不需要滑头。不同流合污就更对了,同流合污的早晚得进监狱!"

我妈攥着笤帚疙瘩的手不住地抖。

"妈,那样评价我的不是别人,是能决定我命运的人哪。妈,我何尝不想当个好官,可是,没等他们进监狱,没准我就得先被调走啦。"老五声音喑哑。他显然不想把这些事告诉我妈。

我妈毫不迟疑地说:"那不算事儿!别在意这个。只要没犯错误,调到哪儿都是干工作、都有你的用武之地。听妈的话,立德子,人间正道是沧桑。妈上扫盲班时除了会写你们几个的名字,就记住了这一句诗。就因为信了这句诗,过去曾经满世界都说读书无用了,我和你爸还是认准读书有用,还照旧受苦挨累供你们念书。卖糖葫芦、绣花累得直不起腰时妈就是念叨这句诗鼓励自个儿。最后咋了,信这句诗就对了。好人终究是好人,坏蛋终究是坏蛋。有用的就是有用,没用的到啥时候也没用,歪门邪道总斗不过人间正道。"

我妈停下来擦眼泪。

"立德呀,信妈的。妈吃的咸盐比你多。社会风气会变好的,你就等着看吧。听妈的,挺直腰杆好好干,我家立德子就是比别人强。半途而废不该是你立德子做的事。"

老五说:"妈,我听你的……"他扭过头去擦眼睛。

就这样,老五撕了辞职书。半年后,也就是大哥去盘锦赴任的时候,我妈的预言实现了——刘玉贵东窗事发,和他称兄道弟的腐败官员一个不漏地被他供了出来……新的区政府班子人选中有老五的名字,他全票当选为我们海湾区副区长。

后来,老五被调往邻县任常务副县长,几年后回到海湾区任区长。

第十四章

　　老六又买回了那个门市，大姐委托他买了俩摊床。
　　大姐的财富故事从此展开。几年后她用卖摊床所得的五十万元炒股炒房……到21世纪初，她已经在大连有房产有车子。到她的同龄人很多面临下岗、失业，生活难以为继的时候，她却主动要求提前退休。她退休后，先后受聘于多家监理公司和施工企业，做工程预算。她每年的收入是我这个在职校长的十几倍甚至几十倍……股票也一直在玩，收入不好统计，但估计比这些工资要高。大姐是普通国企员工中不依赖、不等待、不抱怨，凭自己的智慧和汗水挣得一份富足生活的好典型。
　　老六的生意进入快速发展时期。几年之内他取得了若干电器品牌的代理权，陶瓷市场的生意更是做得风生水起，国内最大的两个卫浴品牌在龙背岛的代理权相继被他拿下。他没有吹牛，终于拿到了邻区一个十八万平方米的住宅小区开发权。给自己的开发公司起名时他倒是很省事，直接就叫立本集团了。给自己定个啥官衔可就很费了一番脑筋。他本想给自己整个最大的官衔干干，叫"立本集团董事局主席"，我提醒他，你们连董事会还没有呢，哪来的董事局

第十四章

呀，别让人家笑话。他说这好办，我立马就成立董事会……后来他退而求其次，叫了"总裁+立本集团创始人"。

老六从此一发而不可收。立本集团现已发展成为跨房地产开发、商业零售、海水养殖、船舶制造等多领域的企业集团，在龙背岛市私营企业中位列前三名。他和老五早就和好，但他再没给老五添过任何麻烦，海湾区没有他一分钱的生意。

老六的婚事是我妈最惦记的大事。老六东跑西颠做小生意时倒是时不时有小丫头在他身边晃，我妈提醒他可不能骗人家小姑娘，想处对象就好好处，不想处对象就别招惹人家。老六笑嘻嘻地说："妈，不是我招惹她们，是她们老来招惹我。谁让你老儿子长得这么帅又这么聪明呢。放心吧妈，我目前一个也没相中。要想给你当儿媳妇，不得你先相中了才能算数呀。妈，我选对象，第一条就是得对你好，对你不好，她就是长仙女模样也不好使。"

老六买下龙背城门市房的第二年，一个温州姑娘进入他的视野。那年老六二十八岁，那姑娘只有二十二岁。丫头个子不高，小人儿独自一人来东北，已经在家电行闯荡了好几年。他们是竞争对手——门市挨着，还卖同一类产品。老话讲同行是冤家，可这姑娘不是一般人，她小小年纪就有超人的见识。那时还没有强强联合这个词呢，可她就懂得联手合作有利于发展这个道理。当时他们俩都没啥钱，单独一个人谁也拿不动大牌子，拿不动大牌子就意味着他们只能做低端产品挣低利润，没准一辈子也就只能守着这个小门市混口饭。她动员老六共同出资经营一个大品牌，两个门市一起装修，共同经营，利润分成。老六同意了。他的生意在这之后实现飞跃。

不过他们俩都没有那方面的意思。老六眼中那姑娘是个一等买卖精儿、一等合作伙伴，仅此而已。当我妈的儿媳妇嘛她好像还不够漂亮不够温顺。

一次出游让老六改了主意。

那次，龙背城组织业户去九寨沟旅游，老六带着我妈，这也是他第一次带我妈出远门。我妈是第一次坐飞机，从九黄机场一下飞机，她就头晕恶心。老六刚开始还以为是晕飞机，等自己也有些头晕胸闷才知道我妈这是高原反应了。出发之前老六做了很多准备功课，但唯独没有料到九黄机场这儿会有高原反应。他没准备这方面的药，也不知该咋样才能让我妈舒服一些。正着急时，那姑娘拿出备着的"高原康"给我妈吃了，还和她妈一起帮着照顾我妈。她妈说，闺女每年都带她出来旅游，已经去过好几个省了。当时我妈说，你姑娘这么小就这么孝顺懂事，真是难得呀。

如果和这姑娘的交集仅限于此，老六也不会对她产生那方面的意思。故事发生在返回的时候，也是在九黄机场。

我妈在家就时常便秘，那些天想家上火，出门这六天竟一次也没大便。老六急得，临返程的前一天晚上给她吃了两片三黄片，我妈愣是没反应。眼看着就快一周没大便，老六第二天早晨出发前又给我妈吃了一片。我妈还是没啥反应。到机场时老六也就忘了这件事。候机时我妈去卫生间，老六也没在意。待广播喊要登机了他才想起老娘还在卫生间里，那时我妈去卫生间的时间已经超过十分钟。老六赶紧往卫生间跑，就见那姑娘扶着我妈从卫生间出来……我妈见到老六就数落："你呀，可害死妈啦。要不是人家小张有心，见我老半天没出来，进来看是咋回事，我没准都晕厕所里啦。"老六吓得不知所措。原来，我妈进卫生间后上吐下泻，吐得假牙都掉下来。我妈捧着假牙喊老六，喊半天也没人理。后来听到那姑娘在外面喊："大妈在吗？是不是不舒服？"

老六自责得都哭了。那女孩她妈安慰老六，说，男孩子都粗心，这样的事还真就得女孩想着。

从此以后——老六自己说的，那女孩在老六的眼中变得越来越漂亮，即使为生意的事和老六急眼，老六也觉得那急眼的样子既有

第十四章

道理又异常妩媚……到他们结束合作关系时,两人已是恋人关系。

我这当哥的肯定要为弟弟把关。我跟老六说,南方人有心机,尤其是做买卖的,更尤其是她这种从小就出来做买卖的……会不会,她早就想跟你好,知道你孝顺,这次就有意表现给你看。老六坚决地摇头,说:"这可不是装出来的,整个龙背城都知道她是个孝女。她心眼好,不光是对她自己妈,和谁交往都是宁可自己吃亏也不亏待了对方。再说,我要是个亿万富翁嘛,还值得她演戏。你想多了,四哥。"

就这样,这个温州姑娘后来成了我的老兄弟媳妇,也就是未来的立本集团总裁的夫人。这姑娘叫张秀秀。

老六从来都说话算数,他这个媳妇还真是我妈相中的。

从九寨沟回来后我妈念叨过:"这小张真是个好孩子,她这个岁数的丫头可很少有这么心善的啦。"但也仅仅是念叨过两次而已。以我妈的性格,就算她十分喜欢这姑娘,也不会把自己的意愿强加给儿子。别说是终身大事,就是其他事,她也从来都是尊重孩子们自己的选择,老五辞职那事除外。

老六最在意的就是我妈对这事的看法。我妈的那两次念叨等于是给他开了通行证。待他对张秀秀考察成熟后,正式跟我妈说:"妈,你看我娶那个张秀秀给你当老儿媳妇中不?"我妈当时连头都没抬,说:"那就对了。我就知道我老儿子有眼力。娶吧,妈同意。"

哈,后来我妈跟我说过,就老六这性子,还真得找个张秀秀这样能降得住他的,要是找个你娟子姐那样的,还不得把他惯疯了才怪。我妈还说,张秀秀这孩子虽然不胖,但脸上有肉,长得厚实耐看,一看就是旺夫相。

我妈总是对的。老六与张秀秀结婚后,小两口那是优势互补相得益彰,生意做得是越来越火。可以这么说,如果不是娶了张秀秀,老六或许不会有后来的成就。张秀秀在生意方面既有眼光有点子，又兼具温州女人的细腻和勤劳。老六对她越来越依赖，不管是家事还是生意事，张秀秀极力反对的，老六肯定就得撂下来认真研究了。事实证明张秀秀多数时候是对的。当然，张秀秀这个媳妇也不是省油的灯，有时上来拧劲儿，能连着一个月不跟老六说话，到后来还都得老六嬉皮笑脸地给人家赔不是才行。这才叫卤水点豆腐一物降一物。老六后来转战卫浴产品和房地产开发，电器销售业务全部由张秀秀操持。

不过这两口子也有遗憾，那就是两人都忙于生意，对孩子的教育就无暇顾及了。他们只有一个儿子，老六为其取名叫雷达，兴旺发达、万事通达之意。孩子一生下来就交到我妈手里，我妈没有文化，哪会教他读书识字。老六并不在意这些，跟我妈说："他长大做生意，学习好坏无所谓，妈你能把他喂得壮壮实实的就行。你看我当年没好好学习，现在不也大小当个老板了嘛。"我跟他说："就算是做生意也还是有文化比没文化强，再说你咋就知道雷达长大了肯定能跟你做生意呀。早教很重要，你得当回事。你也不缺钱，抓紧给他找个好的早教班吧。"老六不以为然。倒是张秀秀挺在心，给不到两岁的雷达买了个当时最先进的学习机，让孩子摆弄着玩，那意思是想让这刚会说话的孩子自学成才。我只能摇头。

让所有人没有想到的是，雷达这个梆头梆脑的小东西，还真就利用这个其他小孩拿着玩游戏的学习机自学成才啦。

谁也没教他咋使用这台机器。我妈就见他整天抱着摆弄，一遍一遍地听那里面的汉字发音和唐诗宋词，只当他是听着玩，也没当回事。到他两岁多一点儿时，电视上的字幕他常能读出来，我妈不识字，以为他是跟着演员一起说的。直到有一天，小雷达去他三大爷家，捧起三大爷的太极拳谱便读。这一读就收不住了，从头到尾一口气读完。把他三大爷惊得目瞪口呆。全家人这才知道他已经会认大量汉字。我这搞教育的四大爷赶忙给他出些唐诗宋词三字经百家姓啥的考他,嗬,简单的诗词还真考不住他,《三字经》和《千字文》更是倒背如流。我评估了这个两岁孩子的汉语知识储备,得出的结论是,这孩子的语文水平已经达到小学三年级的程度!

这件事让我们整个家族都欣喜万分——雷家祖辈也没出过这样的神童。就连那个持"读书无用论"的孩子他爸,也乐得嘴咧到耳根,一个劲儿强调:"这小子,像我,像我。"张秀秀一撇嘴说:"切,我听说有人小时候一端书本就困来着。"

不管咋说,这个南北融合的老侄儿继承并优化了父母的智商,聪慧过人的他小学时跳级两次,仅用三年就读完了小学。只可惜,老六两口子的商业天赋没有被遗传下来。雷达这小子对所有生意——当然包括他父母的——都毫无兴趣。这一点正和我儿子雷云相反。所以老六才把后继有人的希望寄托在了雷云身上,才有了要把雷云培养成龙背岛最大的CEO的许诺。算老六英明,雷达肯定一辈子也不会和他的生意有瓜葛——这小子长大后就读于美国斯坦福大学,毕业后留在美国一家企业的科研机构工作。

眼瞅着这个儿子指望不上了,家财万贯的老六便和媳妇酝酿二胎,终于在张秀秀三十大几时怀上龙种。遗憾的是这第二个男孩虽和他哥一样聪明,但也和他哥一样毫无商业天赋。

商业天赋这东西真是了不得。老六两口子虽然生意上没得着雷达半点儿济,可那台帮雷达成为神童的学习机却实实在在地为他们赚了不少——他们从雷达两岁时开始经营那个品牌的学习机,一直到现在,生意好极了。没个不好,雷达给他们做广告呢——他们在店门口竖了块大广告牌子,上面是小雷达抱着那款学习机在笑,旁边的广告语是"某某学习机,缔造神童的机器"。雷达懂事后曾多次让老六撤下这块广告,老六说小兔崽子,你的学费都是这块广告挣的知道不?坚决不撤。就这么着,这块广告一直竖到雷达去留学之前。雷达收到斯坦福大学的入学通知后给他爸下了最后通牒,说:

185

"爸，你要是再不把那块不伦不类的牌子撤下来，我就不出国了。"吓得老六赶紧拆了牌子。

老六兑现了诺言。从他生意有成就开始，我妈吃的、穿的、用的他全都安排得周到仔细而且高标准。辛劳了多半生的我妈很不适应，比如，暴发户和平民百姓都争着穿貂皮的时候，老六非得拉着我妈去买貂皮大衣。我妈都跟他急眼了，说："我这小个儿穿着不好看不说，电视里都说了，没有买卖就没有杀害。我可不穿那玩意儿。"再比如，老六要给我妈找个保姆伺候，我妈说："你想都别想，妈利手利脚的不用人伺候。等妈窝吃窝拉的时候你再给我找人吧。"

不过我妈对所有好玩的东西那是比年轻人还热衷，除了蹦极和过山车，她几乎玩过旅游区的所有游乐项目。年纪太大了不便出行，家里又没啥活儿，她就在家里做手工。儿孙们给她买回来一大堆橡皮泥、智力积木、魔方啥的，她一摆弄就是一天。我家里现在还保存着一盒她用橡皮泥制作的蔬菜和小动物。那真是惟妙惟肖，尤其是那根大葱，葱白和葱叶的色彩渐变做得简直是巧夺天工，真不知道她是怎样做到的。两种颜色的橡皮泥咋能捏出那种渐变的色彩过渡呢？这是我妈留给我们的不多的念想物之一。

外出旅游那就更不用说了。我妈不晕飞机不晕船，坐车更是坐不够，说去哪儿旅游那是抬腿就走。老六和大哥收入剧增后，每年都出资让我妈去旅游。他们忙事业没时间陪，就让娟子姐和张秀秀轮流带我妈去。后来她们俩也很难抽出身，而我和顾冬梅正好有寒暑假，于是多数时候就由我们两口子陪着。他们出钱，我们借光满世界地走。每到美景如画的地儿，我妈便会念叨："唉，你爸没福哇。"

慢慢地，我们这些儿女的条件都变好了，我们每个人都变着法让我妈过得开心。对我爸的遗憾永远无法弥补了，我们要利用有限的时光在我妈身上抓紧尽孝，不再留遗憾。

第十四章

　　二哥在我爸去世三年后因癌症故去，年仅五十三岁。辉姐说他是个工作狂，从不爱惜自己的身体。常常连续做手术，多次下了手术台后晕倒。秦浩姐夫证实了这个说法。姐夫到甘肃省卫生厅工作后，为二哥争取到了去德国进修两年的机会。回国后，二哥更是觉得自己亏欠国家太多，需加倍工作才能补偿和回报……到逝世前，他已是西北著名的胸外科专家、国务院政府特殊津贴获得者。二哥生前留下遗言，死后骨灰葬在龙背岛我爸的脚下。我和雷波赴甘肃参加了二哥的葬礼，葬礼后我们俩和雷军、雷红抱着二哥的骨灰盒回到龙背岛安葬。当时辉姐就表示，待她百年之后，要将骨灰运回龙背岛和二哥并骨。

　　为了不让我妈过早承受丧子之痛，大哥跟我们商量好，暂时先瞒着她。二哥去世的头几年，每到三十晚上，辉姐都会按惯例往我妈家打拜年电话，外面鞭炮声大，等辉姐说到"妈，等立人跟大家说话"时，我们就按约定抢过电话，我妈也就听不到电话里谁在说话。就这么瞒了好几年，直到有一天我妈念叨："妈想立人了。他工作忙走不开，你们谁带我去甘肃看看他吧。"我们才不得不把实情告诉她。

　　雷红后来实现了她的理想，她去德国留学后回到上海的一家德国公司工作。现在雷军也在上海发展，辉姐退休后去了上海安度晚年。

　　龙背岛要开发旅游，龙背岛渔场就要被夷为平地。

　　这是老五回海湾区任区长后抓的第一件大事。经区委、区政府研究决定，要利用龙背岛得天独厚的自然资源，把这个三十平方公里的海岛建成集休闲娱乐、生态旅游于一体的国际旅游岛。

　　老五上任之前，曾有一个得到市政府和金融机构支持的开发方案：在龙背岛西侧水域建港，走杂货和煤。金融机构对这个方案感兴趣是有道理的——在可预见的未来，新建的龙背岛港可实现多少多少吞吐量，带动的仓储、运输业可实现多少多少产值，实现就业多少多少人，拉动城区房地产业、餐饮服务业多大多大发展……金融机构最理性，应该说，这个方案如果实施，的确可以极大地牵动海湾区全域经济发展，并可以立竿见影地为区财政带来收益。

老五走进区长办公室时，这个委托专业机构做过多番论证的方案已经摆在办公桌上。

老五不同意。

政府常务会研究这个方案时，老五说："这个方案本身没问题，是个好方案。但有两个问题不知各位考虑过没有。一个是，规划中的海港防浪堤距离龙背岛的龙背仅六百米。大家应该知道，龙背的形成是潮汐运动的结果，西侧的水流发生变化，势必使这条亿万年前就存在的龙背慢慢消失或变形。龙背没了，驰名中外的龙背岛也就断了去路、断了龙脉。龙背岛就由一个半岛变成了一座孤岛，今后对这个岛的所有利用和开发意图都将付出成倍的代价。没了龙背，因龙背岛而得名的咱们龙背岛市也就会变得名不副实。我看这个方案了，专家们说龙背起码在五十年内不会消失。也就是说，那些专家和今儿在座的所有人都不会在退休前看到这一天……但如果我们寿命稍长一些，会在死之前看得到，我们的儿子孙子更能看得到。"

说到这儿老五激动得不行，喝了好几口水才接着往下说。

"第二个问题是，煤码头需要大面积的仓储场地。不知大家是否见识过煤码头的仓储场，找时间我可以带你们去参观一下。我可以肯定地说，如果这个煤码头真的达到设计的吞吐量，咱们海湾区临港的海岸都将变成煤尘污染区，到时候就连咱们区政府的办公楼都不能开窗户。到那时就不仅仅是老百姓替我们承担环境恶果那么简单了，随之而来的诸多社会问题会让我们政府疲于应对。到那时再考虑建港的代价和社会总体收益比起来是否值得，显然为时已晚。就为以上这两点，我不同意这个方案。每个有良心的蓝图设计者都不应该为短期政绩而急功近利，蓝图应该永远经得起推敲和检验。海湾区要发展，但不能以牺牲环境和人民利益为代价。我是海湾区人民选出来的区长，我要为这里的几十万人负责，要为这里的山山水水负责。不是只负责任期的这么几年，是要永远负责。就算是以后死了，也得拿名誉负责。"

老五环视几位副区长，等待认同。

酝酿这个方案时并不是没人提出反对的意见，但当市领导都支持这个方案的时候，反对的声音肯定就调门越来越低、音量越来越弱了。老五作为新任的年轻区长能如此态度鲜明地表明立场并摆出了有说服力的论据，这让之前持支持立场的人都受到震动。最后，区政府形成了对这个方案的否决意见。

为得到区委的支持，老五和书记一起出去考察了很多地方。书记和他一样年轻，也受过良好的教育。他们最终取得共识，一起到市里阐述海湾区的发展理念，得到了市政府的理解和支持。就这样，新的龙背岛开发方案得以实施。

否决了此前的那个方案就等于是断了很多人的财路。一些就等着拉土方挣钱的黑白两道人士很不满，已经做了许诺的某些身份人士很失望。这些人通过不同渠道给老五施压，甚至是威胁。老五一概不理。

这是公元2000年，老五三十六岁。

这一年，五十一岁的三哥就要离开他工作了三十五年的龙背岛渔场。准确地说，是我们家父子两代人服务了几十年的龙背岛渔场就要消失了。

关于如何解决龙背岛上渔场和渔民的安置问题，区政府形成的方案是：龙背岛渔场整体解散，渔民按工龄买断，渔场土地和渔船获得的补偿由有关部门建立基金，为渔民办理医疗和养老保险。那时候渤海湾的渔业日见衰退，收入大不如前的渔民们已经开始考虑后路，区政府的这一"退渔还海、开发旅游"举措可以说是正逢其时，得到了多数渔民的欢迎。这个有二百多名渔工、四十多条渔船的集体所有制渔场的解体程序最初进展得还算顺利。后来突然有了问题：一部分受煽动的渔民就补偿标准问题与政府对峙。煽动者不是别人，正是刘玉福、刘玉贵哥俩。

刘玉福初中毕业后到渔场上班，倒是个货真价实的渔民。可他弟弟刘玉贵没打过一天鱼，这小子从监狱出来后买了两台挖掘机，凑合着揽点儿活干，听说要填海建港，他觉得东山再起的时机到了，一边找关系打招呼，一边预定了十台翻斗车……政府的新方案让他的发财梦破灭。气急败坏之下他玩起了最拿手的阴招——和刘玉福一起煽动渔民闹事，要挟政府，计划待时机成熟后以调停人的身份出现，以承揽工程为条件摆平事端。

有关部门和分管副区长向项目总指挥老五汇报了这一情况后，老五不动声色地做了八个字的指示："耐心说服，力避冲突。"然后他找来三哥和宋大勇，如此这般地交代了一番。

被煽动的那些渔民基本上都是晚些年才进入渔场的，渔场形成原始积累的艰辛过程他们没有参与到，所以这次得到的补偿也相对少一些。这是情理之中的事，他们本来也能够接受。心怀鬼胎的刘氏兄弟向他们打包票，说只要他们挺住不签字，就可以保证让他们每人多得五万块。还说中央都把钱拨下来了，让区里给扣下了。

宋大勇带着几名渔场的元老出现在他们议事的大食堂。当时刘玉福正在那儿做蛊惑人心的演讲，讲到他已经死去的老爸如何开着大船去远洋时，宋大勇问他："开船好像比赶大马车难多了吧？"一句话噎得刘玉福满脸通红，憋了半天才说："反正我就是觉得不公平，我是代表这些哥们儿的利益！"宋大勇哈哈一乐，说："代表这

第十四章

些哥们儿的利益？兄弟们，我跟大家打个赌，如果你们的补偿跟第一代老渔民一样多，那么第一个不干的就是这个刘玉福！"随后，同来的老渔民们跟大家讲渔场当年的艰难，讲政府的通情达理……其实，这些老渔民最希望早点解决问题，只不过之前没人牵头，他们怕来这里会有麻烦。宋大勇和三哥一出面，老渔民们立马表示要一起来劝这些闹事的人。宋大勇和三哥的人品他们信得着，虽年过五旬但依然魁伟健壮的宋大勇更是对闹事者有足够的威慑力。三哥在后台，自然不会出现在这个现场。

宋大勇说："我听说有人答应给你们多要五万块钱？哈，要是有这好事我们早就上访去了，估计我咋说也能比你们多要两万。别被人家当猴耍啦，我把脑袋押在这儿，那是没影儿的事。"

刘玉贵带着几个描龙绣凤的混子骂骂咧咧地闯进来，还没等他们近身，就全被宋大勇给扔出几米开外。他们哪知道，渔场这些年效益不好，远洋船很少出海，宋大勇重操旧业，在市内开了家武馆，天天习武授徒呢。

最后，老渔民们向那些受蛊惑的渔民承诺，如果大家能通情达理地好好谈，他们可以让宋大勇出面跟政府协调，尽量再给大家多争取一点。但前提是不能听别有用心的人煽动，更不能提些不着边际的无理要求。得，从这天起，刘氏兄弟被渔民们抛开，宋大勇成了他们的代理人。

全区上下最担心的渔场动迁问题终于得到圆满解决。老五在三哥家宴请宋大勇，还给他鞠了一躬。宋大勇被整得挺不好意思。老五说："我这是代表全区人民的，你受之无愧。"

得知渔场就要消失，我心里的惆怅像潮水涨满。我受不了，约上老六，带着我妈去了渔场。我想最后好好看看这个我无数次在梦里回来的地方。

顾冬梅和张秀秀也都跟我们来了。顾冬梅说她必须得来这里走一走，因为这里是我俩恋爱时最浪漫的去处。她说得没错。多少个无风的傍晚，我搂着她，坐在船帮上看日落，我给她讲我们小时候就在这船下的浅滩里扎猛子捞鱼。月光下，我们沿着龙背返回，潮水就要没过龙背上的碎石，醉人的海腥味中，我背着她，小跑着奔向岸边。

最让我舍不得的，是三哥和我爸住过的石头垒的渔工宿舍。那天，三哥和宋大勇本已收拾好东西，当天就要和渔场做最后的告别。见我们来了，临时决定陪我们哥俩在宿舍再住一宿。

时近傍晚，我们正要以虾棚子和三哥的那艘机船为背景合影时，一辆旧普桑开来。是老五，带着周雪和闺女雷远芳。

周雪说："四哥，你们哥俩咋一个样，你们能找得到、能想得出的最浪漫的地儿，也就是这里啦。趁这里还没变样，我一定得跟他来找一找当年的感觉，照几张相留个纪念。立德说远芳也必须一起来，她该记住这里的模样。"

老六说："送你们一个字，俗！都啥年代啦，现在搞对象花前月下都嫌麻烦了，你们还非得隔山窎远地到这岛子上来。"

老五说："那是因为你小时候来得少，对这里感情还不深。哈，我们到这里来赶海抓鱼的时候你都忙着捡破烂去了。"

就这样，我妈站在中间，她的四个儿子、三个媳妇和一个孙女站在她周围……我们脚下就是当年渔船冲滩的位置，宋大勇给我们拍下一张以虾棚子和那艘船做背景的照片。

三哥的那艘船是被拖上岸的，就搁在虾棚子旁边。它再也不能去远航，等待它的是被拆解被卖掉。

我妈的身体很好，她腰杆挺直，海风吹起她前额的白发。她搂着孙女，身旁身后的儿子媳妇们都比她高很多。斜阳中，她眯着眼睛，一脸的从容和满足。

这是我们雷家最特别的一张合影。尽管家庭成员没能全部参加,但有关这座岛和我们家庭的故事,还是在即将终结的时候被这张照片给定格了。

我妈走进我爸曾住过的宿舍,准确地指出大通铺上我爸的铺位。她说,铺位上面的那个竹子吊架上,总断不了她给烙的白面火烧。

夕阳西沉。我们坐在沙滩上,往东边的山嘴望……没有了,也不会再有了,那咚咚咚机帆船归航的声音。潮水轻轻地涌上来,没有了,也不会再有了,海湾里渔家子弟的狂欢。

那晚,司机把我妈她们送回去,我们哥儿四个像小时候一样睡在远洋一队宿舍的通铺上。不同的是,三哥不像小时那样一躺下便鼾声如雷,他不时咳嗽。几十年的海上劳作已经让五十一岁的他成了一个实实在在的小老头。我们抢着讲儿时的趣事,到都讲累了想睡觉时又都睡不着。黑暗中我们互相听着别人辗转翻身,童年的梦境迟迟不肯到来。

第二天,三哥收拾好他的全部东西——两个尼龙网兜分别装着脸盆牙具和换洗衣服,一张黑狗皮卷着不大的铺盖。那是阿黑。阿黑误食鼠药死去后三哥舍不得它,留下了它的毛皮。老孟大爷送给他的狍子皮被火烧了后,三哥就一直铺着这张狗皮。晨曦中,宋大勇帮三哥往自行车上绑那简单的行李,三哥蹲在另一边系绳子……我有些控制不住眼泪。三十五年啊,三哥用他的青春和健康换来了弟弟妹妹们的今天,可他自己仅仅剩下这套简单的行囊。

老五肯定也和我的心情一样,我看到他背过身去擦了下眼睛。他从小就不愿让别人看到他哭。说实话,他也很少哭。

"那里,"老五指着东边的山嘴,"要建游艇码头。咱们脚下渔场宿舍这儿,以后就是二十三公里长的'踏浪观海栈道'的起点。"

四年后,我妈终于踏上了这条依沙滩和礁石而建的环岛木栈道。那时,国际旅游岛的建设全部竣工并向游人开放。

这座以"关外最美海岛"为推介语，以生态、环保、健康为经营主旨的岛子，还有一条独一无二的"观鸟长廊"。这是一条用单向透视玻璃建成的全封闭弧顶长廊，绵延四公里，直通到岛子主峰的候鸟密集区。我们带我妈走在里面。两侧、头顶的白鹳、灰鹳们悠然嬉戏。它们欢唱的声音通过外置麦克风和内置音响传递到长廊内。不时有大鸟贴近玻璃张望，我妈好奇地用手指在它们眼前晃，它们当然看不见。有彪悍的野鸡用力啄玻璃，一群野兔倏地跑开，一只狐狸大小的动物轻捷地追去……

按既定的设计理念，岛上没有高尔夫这样的高能耗设施，环岛分布的酒店娱乐设施在满足游人需求的同时，并没有影响环境和惊扰动物们。

蜂拥而至的准新郎准新娘们是龙背岛最意外的惊喜。谁也没有预料到，龙背岛独特的美丽吸引了国内大批年轻人来拍婚纱照。很快，海湾区出现了数不清的婚纱影楼……挤挤擦擦几乎像是组团来岛上拍婚纱照的新人们不仅造就了本地的婚摄经济，还刺激和引领了大批年轻的游客。惊喜之余的老五赶忙把龙背岛的推介语由"关外最美海岛"改为"龙背岛，北方的浪漫"。

到本故事接近尾声的时候，很多来龙背岛度假的外地游客甚至忽略了——龙背岛这仨汉字还是一个二百八十万人口地级城市的名字。这也有道理，我们市除了这个岛，也真没有啥特好玩的去处。有外国游客更有意思，以为龙背岛市就是这个小岛。当年的狐狸岛、渔岛，已成为这个城市最亮眼的地标。

2007年，四十三岁的老五当选副市长。

渔场解体后，大哥和老六争着让三哥去他们的企业。尤其是大哥，非得让三哥和珍姐去盘锦给他和娟子姐做伴。

大哥已年近六十，集团离不开他，希望他干到七十岁。那时雷杉已经去北京发展，雷玉在龙背岛市供电局一个基层分局当局长。从这个假小子考学走了之后娟子姐就去盘锦照顾大哥，可他们在那里毕竟没啥亲人，所以很希望三哥两口子去。三哥身体不好，再加上珍姐放不下孙子孙女，所以就回绝了大哥。

选择去老六那里之前，三哥郑重地跟老六表示，如果不能让宋大勇一起去，那他就宁可在家里待着。老六稍愣了一下后立马笑嘻嘻地说："我说三哥呀，聘宋大勇大哥这样的武林高手我可是连想都没敢想啊！这可是你说的，不许反悔。明儿你就带他来，我聘他当保安部经理，你嘛，就委屈点儿，给他当个副经理中不？"

就这样，三哥和他的老哥们一起去了老六公司。宋大勇的武馆效益不太好，三哥早就想帮他一把。老六哪缺啥武林高手，为了给这老哥俩腾出位置，人事安排上他费了不少心思呢——如果没有宋大勇这事儿，三哥看门望锁管个仓库啥的很好安排，宋大勇来了可就得考虑他们俩组合搭班子的问题啦。不过还别说，老六的决策是绝对英明的——抛开三哥不说，宋大勇这个忠诚沉稳的保安部经理还真是没处找。他后来一直服务于立本集团，为企业的和谐发展立下了汗马功劳。有一次，这位真正的武林高手成功平息了一起因劳资纠纷引起的冲突，老六乐得，出手奖励了他一套房子。宋大勇自己没舍得住，给他儿子宋海结婚用了。

三哥后来因为脑梗死离开了立本集团。吉人天相，加上两个儿子和珍姐照顾得好，三哥四次发生脑梗死最后竟没留下啥后遗症。但他毕竟不能再去工作了，这让劳作了一辈子的他十分沮丧。每天到公园打一会儿太极后就溜达到立本集团找宋大勇唠嗑，后来珍姐提醒他影响人家工作才不再去了。

我被调到第六中学当校长。这个学校是在车仗子镇中心小学的原址上建的。

我到任后忙的第一件事就是迎接省里的"普九验收"。走进校园，我第一眼看到的是教学楼上"普及九年义务教育"几个大字。这几个字让我想起了1965年夏天的那个没有萤火虫但有满天星斗的夜晚。那晚，二哥，三哥，还有我，哥仨站在院子外面哭……第二天，瘦小的三哥骑着爸的那台二八自行车去渔场上班。我想，如果那时国家就立法"普九"，十六岁的三哥就不会因写错了一篇作文而辍学，他的命运肯定就是完全不同的走向。

2014年春节。好像是有预感，我们兄弟几个同时张罗要照一张全家福。

这时我们的大家庭已经有三十多口人，不夸张地说分散在世界各地，想聚全已经很难。每年春节我们子一辈肯定要到我妈家团聚，孙辈以下就很难做到了。所以，我爸和二哥都在世时我家也没拍过家庭成员一个都不缺的全家福。

今年大哥让大家尽量都回来，但还是没有做到全回来。雷达和雷云在国外回不来。雷云并没有像他老叔希冀的那样成为龙背岛市最大的CEO，他在国内工作三年之后去美国读研，现在住在雷达家。

我妈已经八十七岁。这就是我们得抓紧照张全家福的原因。

我爸去世后我妈一直自己住在老孟大爷的老房子里，我们谁接她去同住她也不干。后来老六专门在一个大院里盖了两栋别墅，他自己住一栋，让我妈和三哥住另一栋。我妈说啥也不去，说只要她还能动弹，就要给老孟大爷守着老宅。她还说，只要她守着这老房子，我们的家就没散，我们这些孩子就有家可以回。

后来她在找保姆的问题上做了妥协。老魏二叔去世后老魏二婶一个人很孤单，她比我妈小十岁，身体很好，我们让她来和我妈一起住，替我们照顾我妈，我们每月给她一定报酬。我妈很高兴，她和老魏二婶本来就很投缘，老姐俩整天有说有笑的。老魏二婶干净利索又厚道,有她在我们很放心。每个周末,我们哥儿几个和孩子们都要回老房子过周末。这是我妈最在意的事,几乎是从每周的周一开始,她便和老魏二婶开始张罗周末的伙食。

我妈身体一直很好,八十岁以后还能给我们做手擀面。院墙塌了一块,她让老魏二婶和了点儿泥,自己找出家什就要垒。听到信儿的老六一杆箭地带工人赶回来才阻止了她……就这样,我们一直享受着有妈、有家的感觉。但我们知道上帝不会同意她永远陪伴我们。

正月初一的早晨,老孟大爷的老宅。院子里,昨夜的新雪和鞭炮屑已经清扫干净。我妈抱着肖晓曦的儿子坐在正中央,我们兄弟姊妹六个分坐在我妈的两侧。孙子辈、重孙子辈站在后面两排。四世同堂。大年初一完满的光线照着我们雷家成员的脸,不完满的人生因这完满的大家庭而完满。没有一丝风,空气如阳春一般温暖。雪在消融,房檐滴答滴答地往下滴水。老六请来的摄影师用自然光为我们拍下了这张全家福。

我们身后,是已经剥蚀的砖墙和那个五十年前的燕子窝。是的,它一直在。只不过,半个世纪的风雨已经让它上面的草梗化作轻尘飞散,留下的,是那上万口泥粘成的坚固小碗。如今,米黄色的小碗已经变得灰白,有些部位已经透亮,但它依旧坚固。飞鸿踏雪,这个依旧坚固的小碗,俨然就是我们雷家几代人栉风沐雨、砥砺前行,给这世上留下的来过的痕迹。

1976年后镇子里又来过很多燕子。据说燕子的寿命超过十年,可我家的那对老燕子和六只小燕子再也没回来过。我妈说,是那些作孽的坏小子惊吓和伤害了它们,绝不是因为我们家的门风不好。

一周后,我妈在春节假期的最后一天发生大面积脑梗死。经抢救及一系列康复治疗后还是丧失了行走和语言能力。

我们知道,妈的生命就要走到尽头。她现在除了一样东西,其他的都不需要了。她需要的只是陪伴。大姐辞了工作,来龙背岛照顾我妈。我和老五老六除了上班，业余时间基本上都陪着我妈。已经退休的大哥每天和三哥陪着我妈，给她按摩手脚。娟子姐和珍姐每天变着花样给我妈做可口的饭菜。

我妈没白稀罕老六和张秀秀。她得病后老六把她接到那栋别墅，张秀秀专门把她妈从温州接过来护理。我妈最后那段日子，张秀秀上午去照看生意，下午回来帮着照顾。我妈吃的水果都是她亲手磨成糊用小勺一口一口地喂。

生病以后，我妈每天能做的就是坐在轮椅上，用铅笔反复地写她七个子女的名字——那差不多是她会写的所有汉字。直到一年后离开我们。

在她还能写字的最后几天，她只写我和老五的名字，写完后还不停地拿笔指着我们俩。我俩都猜不出她想说啥。到她松开手永远地睡去，我才想起了她患病之前曾跟我和老五说过的话——"咱们家现在就你们俩是给国家当官的，记住喽，妈要是有那么一天，你们不能操办，更不能收别人一分礼钱。"

记得当时她还说："妈没啥可留给你们的，就这一句话你们记住了就行。"

…………

为让她走得放心，我们没有搞祭奠仪式。存放我妈遗体的小告别厅白天锁着门，我和老五，还有顾冬梅和周雪，都躲了起来。等晚上天黑透了，我们兄弟姊妹才去告别厅给我妈守灵。老六本想体体面面地给我妈办丧事，但他理解我和老五，没说一句埋怨的话。我们对外没有确定出殡的时间，待家庭成员全部回来后，于凌晨四点悄悄地把我妈送走。没让一个外人参加，包括老魏二婶。做这个决定很艰难，但必须这么做。老五说，告诉了一个外人就等于是告诉了所有人。

我们做到了没让一个外人参加葬礼，没收一分钱礼金。作为一个副市长,不知道还有谁能做到老五这样。

妈走了。

那一年,老城区改造,车仗子街道的老房子全部动迁。包括老孟大爷的老宅,我们的家。

这一年,春天,5月20日。一对燕子飞进我家的楼道,在我家门口徘徊悬停。顾冬梅最先发现的,她乐得孩子似的拍手。

一切都跟五十年前一样。我家楼道的大白已经部分起皮剥落,燕子尝试在天棚的墙角吐泥,结果很多泥都和大白一起掉下来。我决定帮它们。趁它们出去衔泥,我不顾顾冬梅的反对,站在凳子上用浇花的小喷壶喷湿墙角,然后拿腻子刀把燕子试图做窝位置的大白刮下来,露出硬实的麻面水泥。结果,燕子飞走了。顾冬梅一个劲儿地埋怨我。我跟她说:"咱家老房子的那个燕子窝要不是三哥把砖刮光溜了,哪能五十年都没掉下来。没事,燕子会回来的。"

感谢燕子,两天后它们回来了。

端午节前,四只小燕子出壳了。往年过端午,我们会按家里的老规矩在门外挂上一束艾蒿以驱虫避晦,今年不行了,我们改把艾蒿挂到门里——门外有燕子呢,不能熏到它们。

端午的早晨,顾冬梅找出我妈留下的那套小布老虎、小笤帚,先用那把小笤帚把我俩全身扫遍,之后把那套布老虎、小笤帚挂在自己的脖子上。她这儿媳妇继承了婆婆的全部节令仪式,她相信婆婆的布老虎、小笤帚能让我们无病无灾,健健康康。

雷涛带他的宝贝丫头小可心来看燕子。小家伙一进楼道就开唱:"小燕子,穿花衣,年年春天来这里,我问燕子为啥来,燕子说,这里的春天最美丽。"